এক ডজন মজার গপ্পো

অরূপ সরকার

editionNEXT
editionNEXT, Kolkata, India
www.editionnext.com

"Ek Dozen Mojar Golpo" :: A Collection of Bengali Stories by Arup Sarkar

International(USA) Edition

Cover: Uday Bhattacharyya

First Edition: August 2025

Publisher: Mousumi Bhattacharyya
FD 16/1, Baguiati, Kolkata- 59
Website: editionNEXT.com
Facebook: facebook.com/editionnext
Twitter: twitter.com/editionnext
eMail: Link "Contact Us" in editionNEXT.com

উৎসর্গ

পিতা ৺শ্রীপতি মোহন সরকার

ও

মাতা ৺প্রীতিলতা সরকার

এর চরণকমলে ভক্তি সহকারে নিবেদন করিলাম

মুখবন্ধ

দিনভর কর্মব্যস্ততার ফাঁকে, নিজের ঘরে ফিরে কে না চায় একটু রসালো গল্পের আমেজ নিতে? পরদিনের চিন্তায় ভারাক্রান্ত মনটাকে একটু হালকা করে নেওয়া তো প্রয়োজন। কেবল গম্ভীর আলোচনা আর জরুরি কথার ভিড়ে জীবনকে আটকে রাখলে তো চলেই না। মানুষের গড় আয়ু তো বেশি নয়—মাত্র সত্তর-আশি বছর। এরই মধ্যে কত দুঃখ-কষ্ট, বেদনা-যন্ত্রণা জড়িয়ে থাকে জীবনের সঙ্গে। তাই, যে কয়টি বছর আমরা বেঁচে থাকি, তার কিছুটা সময় যদি হাসি-তামাশা আর হালকা মজায় কাটাতে পারি, তাতে দোষ কী?

এই ভাবনা থেকেই এখানে ছোট-বড় সবার জন্য উপযুক্ত মজার গল্প সাজানোর চেষ্টা করেছি। পাঠক-পাঠিকাদের যদি সামান্যতমও আনন্দ দিতে পারি, কিংবা তাদের মন একটু প্রফুল্ল করে তুলতে পারি, তাহলেই আমার এই শ্রম সার্থক বলে মনে করব।

লেখায় কোনো ভুল-ত্রুটি থেকে থাকলে, মহানুভবতার সঙ্গে তা ক্ষমা করবেন।

শুভেচ্ছান্তে,
অরূপ সরকার
আসানসোল, পশ্চিম বর্ধমান
১৬ জুলাই, ২০২৫

সূচিপত্র

মধুর শোধ-বোধ

সেদিন শঙ্কর বাবু ক্লাস সেভেনে পড়াচ্ছিলেন। চলছিল সেখানে ভূগোলের ক্লাস। উনি পরের দিনের পড়া বুঝিয়ে দিচ্ছিলেন। ক্লাস নিতে নিতে উনি হঠাৎ করে ছাত্র ছাত্রীদের পড়া জিজ্ঞেস করেন। দেখতে চান ছেলে-মেয়েরা মন দিয়ে পড়া শুনছে কিনা। ঐ ক্লাসেরই একটা ছেলের নাম অর্পণ। মহা ফাঁকিবাজ সে। ক্লাসে কোনো পড়াই মন দিয়ে শোনে না। শঙ্কর বাবুর ক্লাসেও না। স্যার যখন পড়া বোঝান তখন সে জানালা দিয়ে বাইরের দিকে তাকিয়ে থাকে। এখন শঙ্করবাবুর নজর পড়লো অর্পণের দিকেই।

শঙ্করবাবু:- এই ছেলে স্ট্যাণ্ড আপ। এর পরেও ওর কোনো ভ্রুক্ষেপ বা সাড়া নেই দেখে ওর কানটি দিলেন মুলিয়ে।

হঠাৎ করে স্যারের হাতে কানমলা খেয়ে ও বলে উঠলো, "আ: আ: আ :..উ: উ: উ:, উহ, খুব লাগছে স্যার। স্যার! কী দোষ করলাম যে কান মুলছেন? কি করেছি আমি?"

শঙ্করবাবু:- আবার দোষ করে জিজ্ঞেস করছিস, "কি দোষ করলাম, কি করেছি আমি?"... লজ্জা করেনা পড়ানোর সময় বাইরে তাকাতে? বল তো আমি কী পড়াচ্ছিলাম?

অর্পণ-ঐ তো স্যার কি যেন পড়াচ্ছিলেন? পেটে আসছে মুখে আসতে চাইছে না যে স্যার! হ্যাঁ হ্যাঁ মনে পড়েছে, ভূমিরূপ পড়াচ্ছিলেন স্যার।

স্যার তখন কানটা ছেড়ে দিয়ে বললেন, "হ্যাঁ ঠিক। তা আমি যখন পড়া বোঝাই তখন শুনতে ভালো লাগেনা, না? বাইরের দিকে তাকিয়ে থাকিস কেন?

অ:- না স্যার। আপনি ভূমিরূপ পড়াচ্ছিলেন তো, তাইতো স্যার বাইরের ভূমির দিকে তাকিয়ে তার রূপ বোঝার চেষ্টা করছিলাম।

শ:- ওহ, তাই বুঝি? বাহ বাহ, বেশ বেশ। তা কি বুঝলি ক্লাসের সবাইকে শোনা।

অর্পন তখন বেশ প্রত্যয়ের সঙ্গে বলতে শুরু করলো, "অদ্য ভূমির যে রূপ চাক্ষুষ করিলাম তাহার প্রকার বড়ই রুক্ষ ও কঠিন...

স্যার:- বল বল থামলি কেন?

অর্পন- দেখিলাম এক মধ্য বয়স্ক ব্যক্তি কোনো এক উদ্দেশ্যে মৃত্তিকা বা ভূমি কর্তন করিতেছিল এবং গলদঘর্ম হইয়া যাইতেছিল। কাঁধের গামছা দিয়া মাঝে মধ্যে ঘর্মাক্ত মুখমণ্ডল মুছিতেছিল সেই ব্যক্তি। এই থেকে ভূমির কঠিন ও রুক্ষ রূপ বুঝিতে পারা যায়।

অর্পণের "ভূমিরূপের" বর্ণণা শুনে ক্লাস শুদ্ধ সবাই হেসে উঠলো।

স্যার ওর কানটা আবার মুলে বললেন:- "গলদঘর্ম হইয়া যাইতেছিল...কাঁধের গামছা দিয়া ঘর্মাক্ত মুখমণ্ডল মুছিতেছিল... না? বস চুপ করে, আর মন দিয়ে পড়া শোন। আর একবার যদি দেখেছি না পড়ানোর সময় জানালা দিয়ে বাইরের দিকে তাকাতে, তাহলে কি করি দেখিস!

ঐ ক্লাসে একটা মহা ফাজিল মেয়ে আছে। নাম তার দেবস্মিতা। সে বললো, "স্যার,গানটা বেশ ভালোই তো চলছিল, বন্ধ করে দিলেন!"

স্যার:- ক্লাসে আবার গান কখন শুনলি?

দেবস্মিতা--ঐ তো, আপনি যখন অর্পণের 'নব' ঘোরাচ্ছিলেন তখন অর্পণ গাইছিল না, "আঃ আঃ আঃ, উঃ উঃ উঃ" ওটাই তো গান!

স্যার:- ওরে ব্যাটা দুষ্টু মেয়ে, ওটা তোর কাছে গান হলো? তুইও গাইতে পারিস। তোর 'নব' ঘুরিয়ে চালু করবো ঐ গান?

দেবস্মিতা-না স্যার, আমার গলা দিয়ে এতো মধুর সঙ্গীত বেরোবে না।

(স্যার হাসতে হাসতে) দেখিই না, কেমন সঙ্গীত বেরোয়।

এই বলে স্যার তাঁর হাতটা ওর কানের দিকে একটু বাড়িয়ে দিতেই দেবস্মিতা নিজের হাত দুটো কানে চাপা দিয়ে বললো...

দে:-না না স্যার, একদম বেসুরো আওয়াজ বেরোবে। কাছেই আছে লঞ্জি। ওখানে আছে তিন তিনটে গাধা। আমার এই বে সুরো গলার আওয়াজ যদি ওরা শোনে, তারা এখানে এই ক্লাসে চলে আসতে পারে। তখন খুব সমস্যায় পড়বেন স্যার।

স্যার:- তাহলে আর গান বাজাবোনা বলছিস?

দেবস্মিতা: - না স্যার।

স্যার:- ঠিক আছে, অনেক হাসি মজা, বাজে কথা হলো, এবার পড়াশোনার কথাতে আসি। মন দিয়ে শোনো তোমরা। ভূমিরূপ গঠনকারী প্রক্রিয়া কতো রকমের হয় জানো তোমরা কেউ?

সকলে:- না স্যার।

স্যার:-দু রকমের হয়, অন্তর্জাত প্রক্রিয়া ও বহির্জাত প্রক্রিয়া।

এই সময়েই ঢং ঢং করে ঘন্টা পড়ে জানান দিল ক্লাস শেষ।

স্যার:-আচ্ছা, বাকীটা কাল বুঝিয়ে দেবো। আজ এটুকুই থাক।

এরপর আছে ইতিহাসের ক্লাস। ক্লাস নেবেন হরগোপালবাবু। স্যার ক্লাসে এলে সব ছাত্র-ছাত্রী উঠে দাঁড়ালো। অর্পণও হেলতে দুলতে উঠে দাঁড়ালো।

স্যার:- সিট ডাউন প্লীজ। গতকাল আমি তোমাদের পাল রাজত্ব নিয়ে পড়িয়েছিলাম। মনে আছে তো সব? আজ দেখবো তোমরা কে কেমন পড়া করে এসেছো। ঠিক আছে?

ক্লাসের পেছন দিক থেকে কে যেন বলে উঠল, "না ঠিক নেই স্যার।"

স্যার:-কে বললো এই কথাটা? উঠে দাঁড়াও তো তাকে দেখি একবার?

কিন্তু কেউই উঠে দাঁড়ালো না।

স্যার :-অর্পণ তুমি বলেছো?

অর্পন-না স্যার।

উঁহু, এ তোমারই কাজ মনেহচ্ছে। যদি তোমার কাজ না হয় তাহলে বলো তো দেখি পাল বংশের প্রতিষ্ঠাতা কে ছিলেন?

অর্পন-স্যার, গোলাপ কি?

আমি প্রশ্ন করেছি, উত্তর তুমি দেবে।

অর্পন-স্যার, গোলাপ বলেই তো মনে হচ্ছে।

স্যার-না, ঠিক হয়নি। কে পারবে?

(দেবস্মিতা রেডিই ছিল উত্তরটা বলতে) স্যার গোপাল।

হ্যাঁ ঠিক বলেছো।

অর্পন-স্যার। আমিও তো তাইই বললাম।

স্যার-না, তা বলোনি। গোলাপ বলেছ। গোলাপ আর গোপাল কি এক জিনিস হলো?

অর্পন-স্যার শুধু 'প' আর 'ল' এর জায়গা বদল।

স্যার:-তাই বা হবে কেন? আচ্ছা, এতো যখন আপত্তি তখন আর একটা সুযোগ দিচ্ছি। বলো ধর্মপালের পুত্রের নাম কি? এটা ঠিকঠাক বলা চাই।

স্যার এটা তো জলের মতো সোজা। দেব স্যার। আমি দেবের গান শুনতে যা ভালোবাসি না! স্যার আপনি ভালোবাসেন দেবের গান?

ওর কথা শুনে সারা ক্লাসের ছেলে মেয়ে সবাই হেসে উঠলো।

অর্পণ ঠিক করে উত্তর দাও।

দেব-ইতো স্যার।

না ঠিকমতো বলা হয়নি। ঠিক করে বলো। শেষ সুযোগ দিলাম।

কিন্তু অর্পণ ঠিক করে বলতে পারলো না।

স্যার বললেন: কে বলবে এর উত্তরটা? হাত তোলো।

অনেকের মতো দেবস্মিতাও হাত তুললো। স্যার দেবস্মিতাকেই উত্তরটা বলতে বললেন।

স্যার, উত্তরটা হবে দেবপাল।

ঠিক বলেছো। তুমি অর্পণের কানটা মুলিয়ে দিয়ে আবার উত্তরটা বলে দাও।

অর্পণ কানে হাত চাপা দিয়ে বললো, "স্যার আমি তো ঠিকই বলেছিলাম। আপনি নাম জানতে চেয়েছিলেন বলে আমি শুধু নামটাই বলেছি। পদবি যে 'পাল' তাতো জানতাম।"

এখন আর কোনো কথা শুনবো না। দেবস্মিতা, তোমাকে যা করতে বললাম তুমি তা করো। আর অর্পণ, কান থেকে এখনই হাত সরাও।

অর্পণকে তখন কানের ওপর থেকে হাত সরাতেই হলো, আর দেবস্মিতা তখন অর্পণের কাছে গিয়ে ওর কানটা জোরসে মুলিয়ে দিয়ে বললো, "ওরে, শুধু 'দেব্ দেব্' বললেই হয়না রে বোকা, "দেবপাল" বলতে হয় রে দেবপাল বলতে হয়।"

এরপর দেবস্মিতা ওর কানের কাছে মুখ এনে বললো, "তুই যখন দেবের গলায় গান শুনতে এতো ভালোবাসিস, তাহলে দে না শুনিয়ে দেবের একটা গান?"

অর্পণ ফিসফিসিয়ে বললো, "দাঁড়া, তোর ব্যবস্থা পরে হচ্ছে।

আরে যা যা... সব করবি!

কয়েকদিন পর:-

এই ক দিনের মধ্যে পড়াশোনার চাপে ও নানান পারিপার্শ্বিকতার ঘটনায় অনেকের মন থেকেই হয়তো মুছে গেছে সেই দিনের ঘটনাটা, কিন্তু

অর্পণ একদম ভোলেনি ঐ দিনটার কথা। ওর ইচ্ছা ওকে টিফিন সংক্রান্ত ব্যাপারে জব্দ করা। কারণ ও জানে দেবস্মিতার মা দেবস্মিতাকে টিফিনে ভালো ভালো সুস্বাদু খাবার দেন, দেবস্মিতা এরকম খাবার খেতে ভালোবাসে বলে। যেমন পায়েস, লুচি, কেক, মোমো, বার্গার ইত্যাদি। আর অর্পনকে বাড়ি থেকে প্রায় প্রতিদিনই দেয় রুটি-আলু চচ্চড়ি নয়তো রুটি আর কুমড়োর ঘ্যাট। দেবস্মিতা রুটি খেতে একদম ভালোবাসে না। বাড়িতে দেবস্মিতা ওর মাকে বলে দিয়েছে, "মা, রুটি আমাকে কক্ষনো দেবে না। যদি দাও, তাহলে কিন্তু না খেয়ে ফেরৎ নিয়ে আসবো।"

অগত্যা, ওর মা ওকে ঐ সব মুখরোচক ও সুস্বাদু ভালো ভালো খাবারই দেন। অর্পণ যে ঐ সব সুস্বাদু খাবার খেতে ভালোবাসেনা, তা কিন্তু একেবারেই নয়। কিন্তু ওর মা ওকে ওসব দেননা। আর বিশেষ করে ঐ ঘটনাটা ঘটার পর অর্পণ কেবল তক্কে তক্কে থাকে কখন একটা সুযোগ পাওয়া যায় দেবস্মিতার খাবারটা পাল্টে দেওয়ার। এক সপ্তাহ পরের ঘটনা। তখন টিফিনের ঘন্টা পড়ে গেছে। হঠাৎ ঐ সময়ে অর্পণ দেখলো, কোনো এক কারণে অনেকেই ক্লাসের বাইরে গেছে। অর্পণ এই সময়টাকেই বেছে নিলো। ও করলো কী, দেবস্মিতার খাবারটা গপগপিয়ে খেয়ে নিয়ে ওর নিজের টিফিনটা, অর্থাৎ রুটি আর কুমড়োর ঘ্যাট দেবস্মিতার টিফিন বক্সে ঢুকিয়ে ঠিক জায়গায় রেখে দিলো। বেচারি দেবস্মিতা যখন দেখলো ওর টিফিন বক্সে রুটি আর কুমড়োর ঘ্যাট রয়েছে, ওর ভীষণ কান্না পেয়ে গেল। মনে মনে সে বুঝতে পারলো এটা কার কাজ হতে পারে, কিন্তু সে আর স্যার বা ম্যাডামের কাছে নালিশ করলো না। আর খিদেও ওর খুব পেয়ে গেছিলো। খিদের মুখে খাবার বাছবিচার করা একদম ঠিক নয়। তাই সে কষ্ট করে খেয়েই নিল। আড় চোখে সে চেয়ে দেখলো অর্পণ জানলার দিকে তাকিয়ে মিটি মিটি হাসছে আর গুণ গুণ করে গান গাইছে। মনে মনে হয়তো ভাবছে, "আজ কেমন জব্দ করলাম! মনে থাকবে তো?" ❑

জিরো থেকে হিরো

এ আজকের কথা নয়। আজ থেকে প্রায় চল্লিশ বছর আগেকার কথা। আমার পরিচিত এক ছেলে, নাম সুখেন্দু ধর, এলাকার পরিচিতরা ওকে সুখু বলেই ডাকে। সপ্তম শ্রেণীর ছাত্র। পড়াশোনায় মাঝারি মানের হলেও খুব বুদ্ধিমান। পড়তো স্থানীয় ভবাণীচরন দত্ত বয়েজ হাই স্কুলে। ঐ স্কুলের ইতিহাসের শিক্ষক ছিলেন গৌতম বাবু। যদিও উনি সুখেন্দুদের ক্লাসে

ইতিহাসের শিক্ষক ছিলেন, তবুও ইতিহাস ছাড়া ও অন্যান্য বিষয়ে তাঁর অগাধ পাণ্ডিত্য ছিল। একদিন সুখেন্দু পড়াশোনা না করেই ক্লাসে চলে আসে। আর গৌতম বাবু পড়া না পারলেই কান ধরে বেঞ্চের উপর দাঁড় করিয়ে রাখেন। এই ব্যাপারটা ক্লাসে সব্বাই জানে। সুখেন্দু ঐ দিন ক্লাসে এসেই গৌতমবাবু আসার আগেই নিজেই নিজের অ্যাডভান্স পানিসমেন্ট নিয়ে নেয়, অর্থাৎ নিজের থেকেই সে কান ধরে বেঞ্চের উপর দাঁড়িয়ে পড়ে। ক্লাস টিচার গৌতম বাবু শ্রেণীকক্ষে এসে ওকে বেঞ্চের ওপর দাঁড়িয়ে থাকতে দেখে জিজ্ঞেস করেন:

গৌ:- এই ইডিয়েট, কান ধরে বেঞ্চের উপর দাঁড়িয়ে পড়লি কেন?

সু:- স্যার পড়া হয়নি তাই।

গৌ:- ও এই জন্যই বুঝি আমি আসার আগেই নিজের শাস্তি নিজেই নিয়েছিস?

সু:- হ্যাঁ স্যার।

গৌ:-তোর লজ্জা হয়না?

সু:- হয় বৈকি স্যার। সেজন্যই তো আপনি বলার আগেই দাঁড়িয়ে পড়েছি কারণ আপনি বলার পর কান ধরে দাঁড়ালে আরো বেশি লজ্জার হতো। তাই না স্যার? সেজন্যই আপনি আসার আগে কাজটা সেরে ফেললাম। ভালো করিনি?

গৌ:-ওরে ব্যাটা শয়তান, এই তোর লজ্জা পাওয়ার নমুনা? বসে পড় শিগগির!

সু:-না স্যার বসবো না। বসে পড়লে অনেক ক্ষতি স্যার।

গৌ-কেন? কিসের ক্ষতি বলতো? বুঝলাম না তো ঠিক!

সু:-বুঝলেন না স্যার? এতো জলের মতো সোজা। কারণ হলো, বসলেই হয়তো আপনি আবার পড়া ধরবেন। আর জিজ্ঞেস করলে আমি পড়া পারবোনা। আপনি রেগে যাবেন তখন। আবার আপনি কান ধরে দাঁড়াতে বলবেন বেঞ্চের উপর। এতে কতো সময় নষ্ট হয় বলুন তো স্যার? এছাড়া আপনি রেগে গেলে আপনার ব্লাড প্রেসার বেড়ে যেতে পারে। এটাও তো আপনার শরীরের পক্ষে খারাপ। অনেক ক্ষতি, অনেক ক্ষতি। সুতরাং এর থেকে বেঞ্চের উপর দাঁড়িয়ে থাকাই ভালো। কি বলেন স্যার?

ওর কথা বলার ধরণ শুনে ক্লাস শুদ্ধ ছেলে হো হো করে হেসে উঠলো। এই দেখে সুখেন্দু বললো, "এই ছেলেরা! তোরা বোকার মতো হাসছিস কেন?

তখন গৌতম বাবুও বললেন, " এই ছেলেরা! তোরা হাসবি না তো একদম! সেই তো! তোর মাথায় কতো বুদ্ধি রে! এতো জলের মতো সোজা ব্যাপারটাও আমরা কেউ বুঝতে পারলাম না? ঠিক আছে, তোকে এখন পড়া জিজ্ঞেস করছি না। তবে ছুটির পর পড়া করে দিয়ে যাবি, তবেই তোর ছুটি। আর তখনো পড়া তৈরি না হলে গার্জেন কল করা হবে। আর এতোদিন আমি যতোটা পড়িয়েছি, তার যে কোন চ্যাপ্টার থেকেই পড়া জিজ্ঞেস করবো। সুতরাং বি কেয়ারফুল।

সু:-স্যার আবার কেন ঝামেলা করেন! আজ থাক না স্যার, আপনার ভালোই হবে এতে।

গৌ:-আমার ভালো তোকে ভাবতে হবে না। তুই এখন নিজের কিসে ভালো হয় সেই কথাই ভাব।

সু:- স্যার আপনার ভালো না ভাবলে কি চলে?

উ: আমাকে এক কথা বার বার বলাবি না বলে দিচ্ছি।

ঠিক আছে স্যার। আমার কথা যখন শুনবেন না, তখন আর কী বলবো!

স্কুল ছুটির পর সুখেন্দু হাজির হয় টিচার্স রুমে।

সু:-আসতে পারি স্যার?

স্যার:-হ্যাঁ, ভিতরে আয়। ইতিহাস বইটা দে।

বই হাতে পাওয়ার পর-

স্যার:-আচ্ছা বলতো "এলাহাবাদ প্রশস্তি" গ্রন্থটি কার লেখা?

সু:-কার যেন লেখা! কার যেন লেখা! পেটে আসছে মুখে যে কেন আসছে না! হ্যাঁ মনে পড়েছে।

স্যার:-বল ...বল...!

সু:-স্যার হিন্দুরা মারা গেলে কি যেন বলতে বলতে নিয়ে যায়! ও স্যার মনে পড়েছে। হরি সেন স্যার।

স্যার:-হিন্দুরা মারা গেলে "হরি সেন... হরি সেন" বলতে বলতে নিয়ে যায়? আচ্ছা এবার বল, কলকাতা মহানগরীর পত্তন করেন কে?

সু:-কে যেন করেন পত্তনটা! দূর ছাই!

স্যার:- বাড়িতে ছাতু খাস তো?

সু:-হ্যাঁ স্যার খাই।

স্যার:-কিসের ছাতু খাস?

সু:-ছোলাআআআআ...না না স্যার যব। মানে স্যার জোব চার্নক।

স্যার:-না না। আমি জোব চার্নক নই রে! তিনি অনেক দিন হলো উপরে চলে গেছেন। আমার এখনো যাওয়ার সময় হয়নি রে!

আচ্ছা এবার বল বিধবা বিবাহ কার উদ্যোগে চালু হয়?

সু:-বিদ্যাসাগরের উদ্যোগে স্যার। স্যার, বিদ্যাসাগর কি নিজেই বিধবা বিবাহ করেছিলেন?

স্যার:-না। ওনার পুত্র করেছিলেন।

সু:-কেন? উনি নিজে করেননি?

স্যার:-বাজে কথা রাখ তো? এখন বল পানিপথের যুদ্ধের কথা তো শুনেছিস। সেই পানিপথটা আসলে কোথায়?

সু:-এটাও সহজ প্রশ্ন।

স্যার:-তাহলে বল কোথায়?

সু:-নামের শুরুতেই পানি রয়েছে। পানি মানে তো জল। জল থাকে নদীতে। তাহলে এটা নদীর কাছাকাছি কোনো জায়গাই হবে।

স্যার:-এটা কি একটা উত্তর হলো? বলতে হবে পানিপথ হলো হরিয়ানার একটি জায়গার নাম।

সু:-নিশ্চয়ই সেখানে কাছাকাছি কোনো নদী বা হ্রদ কিছু একটা আছে।

স্যার:- বডড বাজে বকছিস। কিছুই ঠিক করে বলতে পারছিস না। এবার বল হলদিঘাটের যুদ্ধ কবে, কোথায়, কার সাথে হয়েছিল?

সু:-স্যার। আপনি দেখছি সেই থেকে যুদ্ধের প্রশ্নই করে যাচ্ছেন। আপনি যুদ্ধ খুব ভালোবাসেন বুঝি?

স্যার:-আবার বাজে কথা? উত্তরটা আগে বল।

সু:-হলদি মানে তো হলুদ। আর ঘাট তো থাকে কোনো নদী বা পুকুরে। তাহলে কোনো নদীর ঘাটের কাছাকাছি হলুদের চাষ হতো, অথবা যে ঘাট থেকে হলুদ আমদানি বা রপ্তানি হতো, এমন কোনো জায়গার কাছাকাছি হবে।

স্যার:-তোর মাথা। তোর পড়া নিতে গিয়ে আমিই না সব এতদিনের পড়াশোনা ভুলে যাই। থাক, অনেক হয়েছে। আর পড়া জিজ্ঞেস করবো না। ওরে গাধা, ১৫৭৬ সালে রাজস্থানের উদয়পুরে হলদিঘাটের যুদ্ধ হয়েছিল। যুদ্ধ হয়েছিল মুঘল সম্রাট আকবরের সঙ্গে চিতোরের রাজা রাণা প্রতাপের। ঐ যুদ্ধে নেতৃত্ব দিয়েছিলেন মান সিং।

যা যা এখন বাড়ি যা। আর শোন। এই চিঠিটি তোর মাকে গিয়ে দিস।

সু:-কেন স্যার? এটা কি গার্জেন কল?

স্যার:-গিয়ে তোর মাকে দিস, তিনিই সব বলবেন।

সু:-ঠিক আছে স্যার। বাড়ি যাচ্ছি তাহলে।

স্যার:-হ্যাঁ। যা।

সুখেন্দু একটু পরে বাড়িতে পৌঁছে ওর মাকে চিঠিটি দিলো। ওর মা একটু অবাক হয়েই চিঠিটি হাতে নিলেন। সুখেন্দু পিতৃহীন। বছর পাঁচেক আগে এক পথ দুর্ঘটনায় সুখেন্দুর বাবা মারা যান। সেই থেকে অনেক কষ্টে সৃষ্টে ছেলেকে মানুষ করছেন। উনি পড়াশোনা যথেষ্ট না জানার কারণে সুখেন্দুর পড়াশোনাতে বিশেষ সাহায্য করতে পারেন না, তাই মায়ের মনে আশঙ্কা।

স্কুলের স্যার আবার আমাকে চিঠি দিলেন কেন? পড়াশোনা ঠিক করছিস তো বাবা? আবার আমাকে স্কুলে যেতে বলেননিতো? দেখি, কি লিখেছেন উনি!

চিঠিটি খুলে উনি পড়তে শুরু করলেনঃ

শ্রদ্ধেয় ম্যাডাম,

আমি সুখেন্দু যে স্কুলে পড়ে সেই স্কুলের শিক্ষক গৌতম চট্টোপাধ্যায়। আমি লক্ষ্য করে দেখেছি, যে কোন কারণের জন্যই হোক, বাড়িতে সুখেন্দুর ঠিকমতো পড়াশোনা হচ্ছে না। এটাও আমি খেয়াল করে দেখেছি যে ওর উপস্থিত বুদ্ধি বেশ ভালোই। যদি ও পড়াশোনার ব্যাপারে একটু সাহায্য পায় তাহলে ও যথেষ্ট উন্নতি করবে বলে আমার ধারণা। তবে এই ধারণা বাস্তবায়িত করতে হলে ওকে আমার গৃহে প্রতিদিন পাঠাতে হবে। প্রয়োজনে সারাদিন ও থাকতে হতে পারে।

খাওয়া দাওয়া বা ঐ জাতীয় কোনো ব্যাপার নিয়ে কোনো চিন্তা নাই। তবে এই ব্যাপারে আপনার সম্মতি না পেলে কিছুই সম্ভব নয়।

এই প্রসঙ্গে বলি, আমি অকৃতদার। সারাদিন আমি পড়াশোনা, সঙ্গীত চর্চা এসব নিয়েই থাকি। যদি আপনার কোনওরূপ আপত্তি না থাকে তাহলে আগামী কাল থেকেই যেন সুখেন্দু আমার গৃহে পড়াশোনা করতে আসে। আমি আপনার আর্থিক অবস্থা সম্পর্কে অবগত আছি। তাই সাম্মানিক আপনার পক্ষে যেটা সম্ভব তাহাই দেবেন। না দিতে পারলেও কোনো অসুবিধা নেই।

নমস্কারান্তে,

ইতি- গৌতম চট্টোপাধ্যায়
ভবাণীচরন দত্ত বয়েজ হাই স্কুল

এই চিঠি পড়ার পর সুখেন্দুর মায়ের চোখ দিয়ে জল গড়িয়ে পড়ে। পরেরদিন সকালে ব্যাগপত্র গুছিয়ে পড়তে গেল স্যারের কাছে। স্যার ওকে দেখে বললেন, এসো এসো সুখেন্দু, তোমার জন্যই অপেক্ষা করছিলাম। আজ থেকে তোমার জীবনে এক নতুন অধ্যায় শুরু হতে চলেছে।

এখানে পড়াশোনা করার আগে তোমাকে শপথ নিতে হবে। সুখেন্দুকে স্যার পাশের ঘরে নিয়ে যান সেখানে গিয়ে ও দেখে টেবিলের উপর রাখা মা সরস্বতীর ছবি। ছবির সামনে রাখা নানান বই পত্রের সঙ্গে রাখা বেশ কয়েক রকমের বাদ্যযন্ত্র। সেখানে ও শপথ নিয়ে বলে, "আমি সুখেন্দু ধর, বর্তমানে সপ্তম শ্রেণীর ছাত্র, এই বলিয়া শপথ করিতেছি যে এখানে রহিয়া আমি আমার সেরা প্রচেষ্টা দিয়ে লেখাপড়া সহ সঙ্গীত চর্চা, ও শরীর চর্চা করিব এবং এর মধ্যেই আবিষ্ট থাকিব। অধ্যয়ন, সঙ্গীত ও শরীর চর্চা ব্যতীত অন্য কোনো ক্ষেত্রে এখন মনঃসংযোগ করিব না। পঠন পাঠন অন্তে শিক্ষককূল ও মাতা-পিতার মুখোজ্জ্বল করিব এবং তাঁদের সমস্ত সুখে দুঃখে আজীবন সঙ্গে থাকিবার অঙ্গীকার করিতেছি।"

সুখেন্দু হঠাৎ বলে বসে, "উরেব্বাস, এ তো দেখছি একেবারে নেতা-মন্ত্রীদের শপথ নেওয়ার মতো ব্যাপার-স্যাপার। সব প্রতিশ্রুতি রক্ষা করতে যদি না পারি? বড়োরা কি সব প্রতিশ্রুতি ঠিকঠাক পালন করেন?"

স্যার:-কে কী করেন বা না করেন জানিনা, তবে এটা জানি জীবনে প্রতিষ্ঠিত হতে গেলে নেগেটিভ নয়, সব সময় পজিটিভ চিন্তাই করতে হয়।

সু:-কিন্তু স্যার, বিজ্ঞান বইয়ে পড়েছি যে নেগেটিভ তারের সঙ্গে পজিটিভ তার কানেক্ট না করলে কোনো কাজই হয়না। তাহলে?

উ:, এই ছেলেটা দেখছি আমার মাথা খারাপ না করে ছাড়বে না। এখন কী আমি "ইলেকট্রিসিটি" চ্যাপ্টার পড়াচ্ছি সুখেন্দু? তাহলে ও কথা তুলছিস কেন? সবসময় সব থিওরি অ্যাপ্লাই করা যায় না, বুঝেছিস? মনে রাখিস তোর পড়াশোনা প্রায় সবই বাকি। এখন থেকেই যদি পড়াশোনায়

যথেষ্ট মনসংযোগ না করিস, তাহলে কিন্তু কোনো উন্নতি হবে না। আর একটা কথা। তোর মা অনেক আশা করে আছেন তোর প্রতি। তিনি যেন কখনো আশাহত না হন সেটা তোকেই খেয়াল রাখতে হবে।

সুখেন্দু স্যারের কথা মন দিয়ে শুনলো। বললো:

ঠিক আছে স্যার, আমি মন দিয়ে পড়াশোনা করে সকল গুরুজনদের মুখ উজ্জ্বল করতে চাই। আপনি আমার সহায় থাকলে আমি অবশ্যই পারবো।

এরপর থেকে শুরু হল সুখেন্দুর অধ্যয়ন পর্ব।

একমাস পরেই ছিল হাফ ইয়ারলি পরীক্ষা। ফলাফল প্রকাশিত হতেই বোঝা গেল আগের তুলনায় অনেকটাই উন্নতি করেছে সে।

চার বছর পরের কথা

এই বছরের মার্চ মাসের প্রথম থেকেই শুরু মাধ্যমিক পরীক্ষা। সুখেন্দুও এবার পরীক্ষা দিচ্ছে। এবং পরীক্ষা দিয়ে সুখেন্দু এবং ওর মাস্টারমশাই দুজনেই বেশ সন্তুষ্ট। কয়েক মাস পর ফলাফল প্রকাশিত হলে দেখা গেল সুখেন্দু তার নিজের জেলায় প্রথম স্থান অধিকার করেছে। ওদের স্কুলের সমস্ত শিক্ষক সহ গৌতমবাবুও খুব আনন্দিত হলেন। ওদের স্কুল সহ বিভিন্ন সংগঠন থেকে ওকে সংবর্ধনাও দেওয়া হয়। ওর মা তো ভীষণ খুশি। এক হাঁড়ি রসগোল্লা স্যারের হাতে দিলেন। আর সুখেন্দুকেও নিজের হাতে রসগোল্লা খাইয়ে দিলেন। সুখেন্দু এবার একটু মজা করতে ছাড়লো না। বললো:

মা, তুমি আমাকে মহা ভাবনায় ফেললে তো? দোকানে এতো এতো মিষ্টি থাকতে শেষ পর্যন্ত "গোল্লা" আকৃতির মিষ্টি কিনেই আমাকে খাওয়ালে?

চৌকো, লম্বা বা অন্য আকৃতির মিষ্টি পেলে না? এখন কি হবে বল তো? পরীক্ষার ফলাফল যদি গোল্লা মার্কা হয়, সবাই কিন্তু তোমাকেই দুষবে হ্যাঁ!

স্যারও কম যান না। বললেন, "হ্যাঁ, তুই তো প্রতি পরীক্ষা দিতে যাওয়ার আগে প্রতিদিন তিন-তিনটে করে মিষ্টি খেয়েই পরীক্ষা দিতে

গিয়েছিলি, প্রথমে একটা লম্বা মিষ্টি, মানে ল্যাংচা। তারপর দুটো গোল্লা মিষ্টি।" সেই জন্যই সবেতে একশোয় একশো পেয়েছিস, তাই না?

এই শুনে উপস্থিত সকলে হেসে উঠলো। স্যার উপস্থিত প্রতিটি ছাত্রকেই সুখেন্দুর মায়ের আনা মিষ্টি খাইয়ে দিলেন।

এরপর থেকেই স্যার ওর জন্যে সর্ব ভারতীয় পরীক্ষায় বসার জন্য (নীট) কোচিং-এর ব্যবস্থা করলেন। এ ছাড়া এগারো বারো ক্লাসের পরীক্ষাতেও যাতে ভালো ফল করতে পারে সে ব্যাপারটাও দেখলেন।

যথা সময়ে হায়ার সেকেন্ডারি ও সর্ব ভারতীয় এনট্র্যান্স পরীক্ষায় খুব ভালো ফলাফল করে ও ডাক্তারী পড়ার সুযোগ লাভ করে।

এরপর আপাততঃ কিছু বছরের জন্য (প্রায় ছয় বছর) সুখেন্দুকে মা ও স্যারের কাছ থেকে বিদায় নিতে হলো। কারন ডাক্তারী পড়তে গেলে বাইরে যেতেই হবে। তবে ডাক্তারী পড়তে গেলেও তো অনেক খরচ। তার ব্যবস্থাও হয়ে গেল। ওর পুরানো স্কুলের শিক্ষকরাই নিজেদের কাঁধে তুলে নিলেন। কারণ ও যদি ডাক্তারী পাশ করে তাহলে ওদের স্কুলসহ এলাকারই গর্ব।

একদিন সুখেন্দু চুপচাপ মাথায় হাত দিয়ে বসেছিল। স্যার এসে ওর মাথায় হাত দিয়ে বললেন:

কি রে মাকে ছেড়ে যেতে মন খারাপ লাগছে? চিন্তা নেই। আমি আছি তো! তুই নিশ্চিন্ত মনে যা। সুখেন্দু স্যারকে প্রণাম করে বললো- "স্যার আপনি আমার বাবার অভাব পূরণ করে দিলেন। আপনি যদি আমার সহায় না থাকতেন, আমি কোথায় আজ হারিয়ে যেতাম।"

কোনো এক নির্দিষ্ট দিনে স্যার ও মাকে প্রণাম করে কলকাতাগামী ট্রেন ধরে চলে গেল সুখেন্দু।

বেশ ভালোই চলছিল। দু বছর কাটতে না কাটতেই গৌতম বাবু খবর পেলেন, সুখেন্দু অন্বেষা নামে একটি মেয়ের প্রেমে পড়েছে। গৌতমবাবু খবরটা পেয়েই ওকে সতর্ক করলেন। মনে করিয়ে দিলেন, স্যারের কাছে পড়তে যাওয়ার আগে ওর নেওয়া শপথের কথা। কয়েকদিন পরেই স্যারের লেখা চিঠি ওর হাতে এলো। চিঠিটি মন দিয়ে পড়ে একটু যেন চিন্তিত হয়ে

পড়লো। ওর ওখানকার এক হিতাকাঙ্ক্ষী বন্ধু সৌগতর সঙ্গে দেখা করলো। কিছুক্ষণ কথাবার্তা চললো ওদের মধ্যে। অন্বেষার সঙ্গে ঐ দিন সন্ধ্যায় দেখা হলো সুখেন্দুর। ও সব খুলে বললো, ওর দায়িত্ব পালনের কথা।

সুখেন্দুর কথা শুনে অন্বেষা বললো, "ও, তার মানে সোজা কথায় হলো তুমি আমাকে এড়িয়ে যেতে চাইছো। বাট, ভালো করে শুনে রাখো, এর ফল কিন্তু তোমার জন্য ভালো হবে না। মাইন্ড ইট।"

অণ্বেষা, তোমাকে আমি বোঝদার মেয়ে বলেই ভাবতাম। কিন্তু তুমি ব্যাপারটা বুঝলে না। কোন পরিস্থিতিতে আমি এ কথা বলেছি। একটু ধৈর্য্য ধরলে কী হতো?

না। আমি ধৈর্য্য টৈর্য কিছু ধরতে পারবোনা। বাট ছেলেদের চিনতে আমার বাকী নেই। সব ছেলেরাই হলো শয়তান, স্বার্থপর। তারমধ্যেই তোমাকে একটু ভালো মনে করেছিলাম। ভালো করে শুনে রাখো এর প্রতিশোধ তুমি খুব তাড়াতাড়ি পাবে। আমি আত্মহত্যা করে তোমাকে ফাঁসাবো। লিখে যাবো তুমি আমার সঙ্গে শারীরিক রিলেশন করার পর সম্পর্ক অস্বীকার করছো।

শেষ পর্যন্ত তুমি আমাকে ভুল বুঝলে অন্বেষা? গ্রামের ঘরে আমার মা আছেন, উনি একাই থাকেন, আমি ছাড়া আর কেউ নেই তাঁর। স্যার আছেন, যাঁর আন্তরিক চেষ্টা ছাড়া আমি এখানে আসতেই পারতাম না। তাঁরা আমার কাছে ভগবান। তাঁদের প্রতি আমার অনেক দায়িত্ব কর্তব্য আছে। আর তুমি শুধু নিজের স্বার্থের কথাই ভাবছো। আর একটা কথা। তুমি যদি সত্যিই আমায় ভালোবাসতে তাহলে শারিরীক রিলেশন সংক্রান্ত এতোবড় মিথ্যা অপবাদ তুমি দিতে পারতে?

হ্যাঁ, পারতাম। তুমি আমাকে সব সময়ে আষাঢ়ে গল্প শোনাবে আর আমাকে সেগুলো বিশ্বাস করতে হবে?

কোনটা আষাঢ়ে গল্প? আমাদের গ্রামের কথা? চলো আমার সঙ্গে, সত্য না মিথ্যা দেখিয়ে দেবো।

না, আমি দেখবোনা, তোমাদের ঐ অজ গাঁয়ে যাওয়ার কোনো ইচ্ছাই নেই। আর দেখতে চাইওনা।

তবে যাও। যা খুশি করো। এরপর আর কোনো কথা চলতে পারে না। আমি আমার কথা পরিষ্কার করে বলে দিয়েছি। আবারও বলছি যদি আমার কথা সত্য বলে মনে হয়, গ্রামকে ভালোবাসো ও গ্রামের মানুষের সঙ্গে আমার মা, আমার স্যার এঁদেরকে শ্রদ্ধা করতে পারো তাহলেই আমার সঙ্গে যোগাযোগ করো, নচেৎ নয়।

এরপর বেশ কিছুদিন চুপচাপ। পরস্পরের সঙ্গে দেখা হলেও কেউই কথা বলে না।

হঠাৎ একদিন শোনা গেল অন্বেষা আত্মহত্যা করেছে। একটা সুইসাইড নোটও লিখে গেছে সুখেন্দুকে মৃত্যুর জন্য দায়ী করে। তারপর যা হওয়ার তাই হতে থাকে। চারিদিকে ছিছিক্কার পড়ে যায়। খবরের কাগজে এই নিয়ে রিপোর্ট বেরোয়। সেখানেও সুখেন্দুকেই সন্দেহের চোখে দেখানো হয়েছে। এতে সুখেন্দুর মনের উপরেও চাপ পড়লো।

খবর পৌঁছায় গৌতমবাবুর কানেও। তবে তিনি মানতে পারেন না। তড়িঘড়ি করে তিনি কলকাতায় ছুটে যান। দেখা করেন সুখেন্দুর সঙ্গে।

কিছুদিন পরেই ওকে পুলিশ হেফাজত থেকে কোর্টে চালান করা হয়। দু পক্ষের উকিল নিজের নিজের মক্কেলের সপক্ষে বক্তব্য রাখেন। বিচারক সুখেন্দুর কাছে জানতে চান, নিজেকে সমর্থনের জন্য কোনো বক্তব্য আছে কিনা।

সুখেন্দু তখন বলে, "ধর্মাবতার, আমি সম্পূর্ণ নির্দোষ। আমাকে চক্রান্ত করে ফাঁসানো হয়েছে। এর প্রমাণ আমার এক বন্ধুর কাছে আছে। যদি আপনি আদেশ করেন তাহলে আমি আমার বন্ধুকে ডেকে আদালতে সেটা প্রোডিউস করতে পারি।

ঠিক আছে আপনাকে আরো আধ ঘন্টা সময় দেওয়া হলো।

সুখেন্দু সৌগতকে ফোন করে তাকে শিগগিরই প্রমাণ নিয়ে আদালতে আসতে বললো। কিন্তু সে শিগগিরই আসছি বললেও সময় পেরিয়ে যায়, বন্ধু আসার আর নাম নেই। সুখেন্দু মাথায় হাত দিয়ে বসে পড়লো।

বিচারক এবার বললেন- তাহলে নির্দিষ্ট সময় পেরিয়ে যাওয়ার পরও আপনি আপনার স্বপক্ষে কিছু দেখাতে পারলেন না। ওয়েল, তাহলে আমার সাজা ঘোষণা করা ছাড়া আর অন্য কোনো রাস্তা রইলনা।

সুখেন্দু তখন হাত জোড় করে বললো আদালতের কাছে আর মাত্র দশ মিনিট সময় ভিক্ষা চাইতে পারি?

বেশ। তাও মঞ্জুর করা হলো।

সুখেন্দুর কাছে তখন এক এক মুহূর্ত এক

ঘন্টার সমান। অতিরিক্ত দশ মিনিটও যখন শেষের পথে, তখন সৌগতকে আদালত প্রাঙ্গণে ছুটে আসতে দেখা গেল। অন্বেষার সঙ্গে সুখেন্দুর যেদিন শেষ কথা হয়েছিল তার আগেই সুখেন্দু সৌগতকে বলে রেখেছিল পুরো ঘটনা এবং কথোপকথন রেকর্ড করে রাখতে, পরে কাজে লাগতে পারে এই ভেবে। সৌগতর কাছে খুব ছোট আকারের অথচ শক্তিশালী বিদেশি ভিডিও রেকর্ডার ছিল সেটা সুখেন্দু জানতো। সুখেন্দু সৌগতকে অনুরোধ করেছিল আর সুখেন্দুর অনুরোধ সৌগত রেখেছিল। সেটাই আদালতে পেশ করা হলো। বিচারক সেটা দেখলেন ও শুনলেন। তারপর মামলা সেদিনের মতো মুলতবি রাখা হলো। পরের দিন যখন রায় ঘোষণা করলেন তখন সুখেন্দুকে সম্পূর্ণরূপে নির্দোষ ঘোষণা করলেন।

আর কয়েক বছর পর ডাক্তারী পাশ করে নিজের গ্রামে ফিরে যায় সুখেন্দু। ওখানকার এক হাসপাতালে যোগ দেয়। না, সুখেন্দু চিরজীবন আইবুড়োই রয়ে গিয়েছিল। গ্রামের ওর খুব পরিচিত যাঁরা, তাঁদের অনেকেই ওকে বলতেন, "রোগী দেখতে দেখতে তো চুলে পাক ধরে গেল, ছাদনাতলায় আর কবে যাবে ভায়া?" ও বলতো, "ছাদনাতলা তো অনেক দূরে, তার আগের ধাপ বেলতলায় যেতে গিয়েই কাঁটার খোঁচা খেয়ে যা হাল হলো আমার! বেল গাছের কাঁটা খেয়ে একেবারে ক্ষত বিক্ষত হয়ে গেছি ভাই! তাই ছাদনাতলা বা বেলতলা কোনো তলা নিয়েই আর মাথা ঘামাচ্ছি না। সারা জীবন আপনাদের সেবার কাজে আর স্বাস্থ্যের জন্যই মাথা ঘামাবো। কি? সঙ্গে থাকবেন তো আপনারা আমার সঙ্গে?"

নিশ্চয়ই নিশ্চয়ই থাকবো। আপনি আমাদের ভগবান। ❑

সুধামৃত

শিবনাথবাবু একটা বড় মুদিখানা দোকানের কর্মচারী। মাহিনা নেহাৎ খারাপ নয়। যা মাহিনা হিসাবে পায়, তা দিয়ে একটা ছোটো পরিবারের ভালোই চলে যায়। নিজস্ব অল্প কিছু জমি জমাও আছে। শিবনাথবাবুর বিয়ে হয়েছিল প্রায় তিন বছর আগে। বাড়িতে ওর স্ত্রী মৌমিতা ও একটি বাচ্চা রয়েছে। দিন ভালোই চলে যাচ্ছিল। কিন্তু হঠাৎ তার যে কী হলো! সে মদের নেশায় পড়ে গেল। একদিন রাত আটটার সময় শিবনাথবাবু টলতে টলতে গান গাইতে গাইতে বাড়ি ফিরছেন: "একটু তো নেশা করেছি...একটু তো..."

বাড়িতে পৌঁছাতেই ওর স্ত্রী মুখ ঝামটে বললেন:

আবার তুমি ছাইপাঁশ গিলে এসেছো?

ছাইপাঁশ কে বলেছে অ্যাঁ? কে বলেছে এগুলো ছাইপাঁশ? এর নাম কি বলতো? পারলে নাতো? এর নাম হলো সুধামৃত। বুঝলি? আর কখনো এগুলোকে ঐ নামে ডাকবি না। মনে থাকবে?

হুঁ:, সুধামৃত না আরো কতো? ছাইপাঁশকে ছাইপাঁশ বলেই ডাকবো সে তুমি যাই বলো।

এই চুপ! চুপ একদম! তর্ক করবি না, একদম মুখে মুখে তর্ক করবি না বুঝেছিস?

না তর্ক করবে না! সংসারে টাকা দেওয়ার নাম নেই। কিকরে সংসার চালাতে হচ্ছে তা দেখারও দরকার আছে বলে বাবু মনে করেননা। এদিকে নেশা করবার বেলায় বাবু এক পায়ে খাড়া একদম।

আরে! এক পায়ে খাড়া থাকবো কেমন করে? এক পায়ে কতক্ষণ খাড়া থাকা যায় তুই নিজেই বল। এক মিনিট, দুই মিনিট। তারপরেই তো মাইরি ধপাস করে পড়ে যাব? তুই-ই দেখাতো একটু, কতক্ষণ একপায়ে খাড়া হয়ে থাকতে পারিস? দেখা না মাইরি?

আমার বয়েই গেছে এক পায়ে খাড়া হতে। মিনসে দেখছি মাতাল হলেও সেসব দিকে টনটনে জ্ঞান আছে।

জ্ঞান থাকবে না! এ যে সে মাল নয়। এর নাম হলো সুধামৃত। যে একবার খেয়েছে তাকে বার বার খেতে হবে।

চুপ করো! তোমার লজ্জা করেনা নেশা করে এসে?

লজ্জা করবে কেন? আর নেশাই বা করবো না কেন? নিজের উপার্জনের টাকায় খাচ্ছি। তোর বাপের টাকায় খেয়েছি?

এই মুখ সামলে কথা বলবে। ভালো হবে না একদম।

কেন কী করবি তুই?

দেখবি তবে কী করতে পারি?

হ্যাঁ দেখা দেখি কী করতে পারিস?

এই কথা বলার সঙ্গে সঙ্গে ওনার স্ত্রী একটা নারকেল কাঠির বড়ো খ্যাংরা নিয়ে তাড়া করলো শিবনাথকে।

আয় তবে দেখি তোর সুধামৃতের জোর কতখানি! পালাচ্ছিস কেন, আয় দেখি?

বেগতিক দেখে শিবনাথ তখন পগার পার।

শিবনাথবাবু হাঁটতে হাঁটতে চলে যান নদীর ধারে। মনে মনে তখন ভাবছেন, কী, এতবড় দুঃসাহস যে আমাকে ঝাঁটা দিয়ে মারতে আসে! এতবড় অপমান! এই অপমান সহ্য করার থেকে মরে যাওয়াই ভালো। তখন বুঝবে, কতো বড় ক্ষতি সে নিজের করলো।

এদিকে রাত দশটা বেজে গেছে। নদীর তীর শুনশান। লোকজন নেই। একটু দূরেই রয়েছে মহা শ্মশান। মাঝে মাঝেই মৃতদেহ নিয়ে আসার হরিধ্বনি শোনা যাচ্ছে। শেয়াল ডাকার আওয়াজ ও শোনা যাচ্ছে। কি করবে শিবনাথ ভাবছে। জলে ডুব দিয়ে মরতে একটু যেন ভয় ভয়ও করছে। আবার বাড়ি ফিরতেও মন চাইছে না। উভয় সঙ্কট। হঠাৎ কে যেন খনা

গলায় বলে উঠলো, "কিঁ রেঁ? বাঁড়ি থেঁকে রাঁগ করে চঁলে এঁলি কেঁন? যাঁ যাঁ, ঘঁরে ফিঁরে যাঁ। এঁই জাঁয়গা ভাঁলো নঁয়।"

"কে, কে বলে কথা?" বলতে চাইল সে, কিন্তু গলা দিয়ে কোনো স্বর বেরোল না। রাম নাম জপার চেষ্টা করতে লাগলো। শেষ পর্যন্ত অনেক রাতে বাড়ির দিকে রওনা দিল। কিন্তু কিছুদূর এগিয়েই সে ভাবলো - বাড়ি ফিরে যাওয়া মানেই হল বৌয়ের কাছে হেরে যাওয়া। তারপরেই মতের পরিবর্তন। না না, ঘরে সে কিছুতেই ফিরবে না। আবার সে চলে গেল রেল লাইনের কাছে। এবার সে মরবেই। কিন্তু এ কী হল? একঘন্টা ধরে সে অপেক্ষা করছে ট্রেনের জন্য। কিন্তু ট্রেন আর আসে না। এদিকে ভোর হতে চললো। দু চারজন লোক মর্নিং ওয়াকে বেরিয়ে পড়েছেন। একটা লোককে সে জিজ্ঞেস করলো, "দাদা ট্রেন চলছে না কেন জানেন?

কেন? কি দরকার? ট্রেনে গলা দেওয়ার ইচ্ছে হয়েছে বুঝি? আপনার হাব-ভাব সুবিধের লাগছে না। যান যান বাড়ী যান। জানেন না, রেল অবরোধ চলছে?

যা বাব্বা! এত সক্কাল সক্কাল রেল অবরোধ! মরবো ভাবলে মরার উপায়ও নেই দেখছি এদের জ্বালায়। কি কপাল রে মাইরি আমার! বিড় বিড় করে বললো শিবনাথ বাবু।

এবার আবার শিবনাথ বাবু শুনতে পেলেন খনা গলায় হাসির আওয়াজ। হিঁ হিঁ হিঁ হিঁ, তোঁর আঁর মঁরা হঁবে না। ভোঁর হঁয়ে আঁসছে, যাঁ যাঁ, বাঁড়ি চঁলে যাঁ। এঁখনো তোঁর অঁনেক কাঁজ বাঁকী। এঁখন তোঁর মঁরন নেঁই রে, মঁরন নেঁই। আঁমাদের দঁলে যোঁগ দেঁওয়ার সঁময় তোঁর আঁসেনি।

শিবনাথ চমকে উঠে ভাবলো, "এ বাবা! এ কোন ভূত আমার পিছু নিল। কালকেও তো এরকম গলাতেই কথা বলেছিল। আর এখন তো ভোর হয়ে আসছে। এখনও পিছু ছাড়েনি! নাছোড়বান্দা ভূত দেখছি।

পদে পদে বাধা পেয়ে শিবনাথ বাবু বাড়ির পথেই হাঁটা দিলেন।

আস্তে আস্তে সূর্যদেব মাথা তুলে মধ্য গগনের দিকে আসতে লাগলেন আর শিবনাথের মাথা থেকে "অমৃত সুধার প্রভাব কাটতে লাগল। মনে মনে তার উপলব্ধি হতে লাগলো, "আচ্ছা আমি কিসের জন্য গৃহের নিরাপদ

আশ্রয় ছেড়ে সারা রাত ধরে এতো ঘুরছি! মরে যাওয়ার জন্য? আমি তো ভালোই ছিলাম। আমাদের মধ্যে আগে খুব যে অশান্তি ছিল তা তো নয়! আমরা তো পরস্পরকে ভালোই বাসতাম। হঠাৎ আমার হলো কী? এখন বাড়ি যাচ্ছি, কিন্তু ওর সামনে মুখ দেখাবো কী করে? ঐ যে মুদির দোকানে কাজ করে সেই দিলীপের জন্যই আমার আজ এই অবস্থা। ওই আমাকে জোর করে কয়েক বার খাইয়ে খাইয়ে আমার এই অবস্থা করেছে। ওকে আমি পরে ভালো করে বুঝে নেবো। বিড় বিড় করে বললো শিবনাথ, "কিন্তু এখন আমি কী যে করি! বাড়ি কি যাব?"

সঙ্গে সঙ্গে কে যেন বলে উঠলো,"হ্যাঁ হ্যাঁ বাঁড়িতেই যাঁ। তোঁর গিঁন্নী তোঁকে কিঁছুই বঁলবেনা।"

চমকে উঠলো শিবনাথ। বললো, "হে ভূত মহাশয়! আপনি কে বলুন তো? কাল রাত থেকে আমার সঙ্গে সঙ্গে ঘুরছেন? আর আপনি কিকরে জানলেন যে গিন্নি আমাকে কিছু বলবেনা?"

-হিঁ হিঁ হিঁ হিঁ হি, আঁমরা আঁগে থেঁকে সব জাঁনতে পাঁরি।"

যাঁ যাঁ। এঁখন বেঁশি কঁথা না বলে ঘঁরে যাঁ জঁলদি।

একটু পরেই শিবনাথ পৌঁছে গেল নিজের বাড়িতে। ওর বৌ দরজা খুলে হাসি হাসি মুখে বললো, "আসুন আসুন "সুধামৃত" মহাশয়। কাল রাত থেকে অনেক কষ্ট ও ভোগান্তি গেছে আপনার। এখন আপাততঃ মিষ্টি জল খেয়ে বিশ্রাম নিন।" নদীতেও ডুব দিতে পারলে না, আবার ভোর বেলায় রেল অবরোধ। কী যে যা তা ব্যাপার! আবার এরই মধ্যে পেত্নির নজরদারি।"

ভূত নয়, পেত্নি? মৌমিতা, তুমি এত কথা জানলে কি করে?

তখনই আড়াল থেকে হাসতে হাসতে বেরিয়ে এল শিবনাথের এক শ্যালিকা মৌপিয়া। এখানে জানিয়ে রাখি মৌপিয়া ছোট থেকেই ভীষণ ডানপিটে মেয়ে। টমবয় টাইপের। ভয় ডর কাকে বলে জানে না। আর ও খুব ভালো হরবোলা। আর শিবনাথের শ্বশুরবাড়ি ওদের বাড়ির কাছেই ছিল।

কিঁ জিঁজু, কাঁল কেঁমন চঁমকে দিঁলাম?

অ্যা সে কী, কালকের ঘটনাটা তাহলে তোমারই কাজ? এবার আমাকে বলতো কিকরে এটা সম্ভব হলো?

কাল সন্ধ্যায় দিদির সঙ্গে তোমার ঝগড়া শুরু হওয়ার পর তুমি বাড়ি থেকে বেরিয়ে যাওয়ার পরই দিদি আমাকে ফোন করে বলে, "তোকে একটা কাজ দিচ্ছি। কাজটা করতে পারলে একটা পুরস্কার পাবি আমার কাছ থেকে। কাজটা হচ্ছে তোর জিজুর দিকে একটানা নজর রাখা, আর খারাপ কিছু যাতে করতে না পারে সে দিকটাও দেখা। আজ এখনই ও নেশা করে ও রাগ করে ঘর থেকে বেরিয়ে গেছে। মনেহয় নদীর দিকেই গেছে। তোর কাজ হচ্ছে ও কখন কী করছে কোথায় যাচ্ছে সব আমাকে জানানো। দরকার হলে ভূতের ভয়ও দেখাবি।" তাই তখন থেকে আপনাকে ফলো করে চলেছি। কখনো গাছের আড়াল থেকে কখনো গাছের উপর থেকে। আর মাঝে মাঝে পেত্নির গলা নকল করে ভয় দেখানোর চেষ্টা। আর আমি কালো রঙের পোশাক পরায় অন্ধকারের মধ্যে আমাকে দেখতেও পাওনি।

কিন্তু অত ভোরে রেল অবরোধের সময় কোথায় ছিলে?

না না অবরোধ টবরোধ কিছুই হয় নি, ঐ লোকটা না জেনেই বলেছিল। ভোরের দিকে একটা গুডস ট্রেনের চাকা লাইনচ্যুত হয়, তাই ঐ সময় কোনো ট্রেন চলেনি। খবরটা আমি পেয়ে ছিলাম এক পরিচিতের কাছ থেকে। আর তখনও আমি আপনার কাছাকাছিই ছিলাম। আপনি টের পাননি। ... দিদি তাহলে আমার পুরস্কারটা এবার?

আজ সন্ধ্যায় "গ্র্যান্ডে পার্টি।"

থ্রি চিয়ার্স ফর দিদি অ্যাণ্ড জিজুজি। হিপ হিপ হুরর রে! ❑

কেস ঠোকা

তাপস রায়, চতুর্থ শ্রেণীর ছাত্র। একদিন সে স্কুল থেকে ফিরলো মুখটা ব্যাজার করে। ওর মা সেই দেখে বললেন, "তোর কী হয়েছে? মুখটা অমন ভেটকি মাছের মতো করে আছিস কেন? পরীক্ষার খাতা দেখিয়েছে নাকি? আর খাতায় বড়ো বড়ো রসগোল্লা রাজভোগ এইসব পেয়েছিস, তাই মুখ ব্যাজার। তাইতো?

তা:- না না ওসব কিছু নয়।

মা:-তবে কি স্যারের হাতে ঠ্যাঙানি অথবা কান মলা এসব কিছু খেয়েছিস।

তা:- দূর ! কি যে যা তা তুমি বলো না মা!

মা:- তাহলে কি বন্ধুর সঙ্গে কোনো ঝামেলা?

তা:- হ্যাঁ। সেই রকমই বলা যায়।

মা:- ও এই ব্যাপার? স্কুল জীবনে এরকম টুকটাক হয়েই থাকে। ও কোনো ব্যাপারই নয়। আমাদের সময়েও এরকম হতো।

তা:- না, ব্যাপারটা অতো সোজা নয় গো! ব্যাপারটা খুবই খারাপ।

মা:- তাহলে কী ব্যাপার বলবি তো সেটা, নইলে বুঝবো কেমন করে?

তা:- আজ আমি আমার বন্ধু সুমিতের সঙ্গে একটা অন্যায় কাজ করে ফেলেছি। এখন খুব খারাপ লাগছে ভয় ও করছে।

মা:- কি অন্যায় করেছিস রে?

তা:- আজ আমি দুষ্টুমি করে সঞ্জীবের ফিজিক্যাল সায়েন্সের বইটা সুমিতের ব্যাগের মধ্যে রেখে দিয়েছিলাম মজা দেখার জন্য। আর স্যার ওর কাছ থেকেই ফিজিক্যাল সায়েন্সের বইটা চেয়ে বসেন। ও বইটা স্যারকে দিতে গিয়ে দেখে বইটা নেই। তখন ও স্যারকে বলে, "স্যার, আগের ক্লাস শেষ হওয়ার পর আমি একটু টয়লেটে গেছিলাম। আর ঐ সময়ে আমার বইটা কেউ মজা দেখার জন্য মনেহয় সরিয়ে রেখেছে।"

স্যার একথা শুনে বললেন, "যে ওর বইটা সরিয়ে রেখেছো শিগগিরই দিয়ে দাও।" কিন্তু স্যার যদি বকুনি দেন সেই ভয়ে সবাই ছিল চুপচাপ। আমিও তখন কিছু বলিনি ওকে।

মা:- তারপর কী হলো?

তা:- তারপর স্যার সঞ্জীবকে বললেন, "সঞ্জীব, আমি তোকে বলছি, তুই সকলের ব্যাগ খুঁজে দেখ।"

তারপরই খুঁজতে খুঁজতে সুমিতের ব্যাগ থেকে বেরোল বইটা।

মা:- কী হলো তারপর?

তা:- তারপর সুমিতের ব্যাগ থেকে বইটা বেরোল। তারপর স্যার কী বকুনিটাই না দিলেন সুমিতকে। ওর কোনো কথাই স্যার বিশ্বাস করলেন না। তারপর থেকেই দেখছি ও আমার সঙ্গে কোনো কথা বলছে না। ও বুঝতেই পেরেছে যে কাজটা আমারই ছিল। আমি তো ওর সঙ্গে মাঝে মাঝেই দুষ্টুমি করি, কিন্তু ও কথা বন্ধ কখনোই করেনি। এখন কি হবে মা?

মা:- হুমম। কাজটা তুই ঠিক করিসনি। খুব অন্যায় কাজ করেছিস। তোর আগেই স্যারের কাছে দোষ স্বীকার করা উচিত ছিল।

তা:- কি হবে এবার মা? ও তো আমার সাথে কথা বলা বন্ধ করে দিয়েছে। আমি যখন ওর সাথে কথা বলতে গেলাম, ও বললো, "আমি জানি এ তোরই কাজ। তবু স্যারকে কিছু বললাম না। তবে জানিস তো, আমার বাবা উকিল, কোর্টে কাজ করে। যদি না কেস ঠুকেছি দেখ।" আচ্ছা মা, কেস ঠোকা কাকে বলে? কি কেস দিয়ে ঠোকে গো? ব্রিফ কেস, সোপ কেস না অন্য কিছু দিয়ে? কোথায় ঠোকে, কপালে?

ওর মা ওর এই সরল ও বোকাবোকা প্রশ্ন শুনে মনে মনে খুব হাসলেন। ওর এই প্রশ্নে খুব মজাও পেয়েছেন। আরো একটু মজা করার জন্য উনি বললেন, " যে যেমন দোষ করে সেই অনুযায়ী তাকে ঠুকুনি দেওয়া হয়। বলা যায় না, ওর বাবা যখন উকিল তখন কেস ঠুকে দিতে পারেন।

তা:- সত্যি মা, তুমিও বলছো? ঠিক আছে, দোষ যখন করে ফেলেইছি, ঠুকুনি তখন খেতেই হবে। কিছু করার নেই। তুমি শুধু ফোনে

বলে দাও যে তাপস স্বীকার করছে যে সে খুব অন্যায় করেছে। আর কখনো করবে না। ওর মন খুব খারাপ এ জন্য। ঠুকুনি খেতেও সে রাজী আছে। তবে একটা অনুরোধ, যেন বেশী জোরে ঠোকা না দেওয়া হয়। তাহলে কপাল ব্যথা করবে, আর ডাক্তার খানায় যেতে হবে। ডাক্তারবাবু ব্যথা কমাতে ইঞ্জেকশন দেবেন। আর ইঞ্জেকশনে আমার খুব ভয়।

এই কথা শুনে ওর মা খিল খিলিয়ে হেসে উঠলেন।

তাপস ওর মায়ের এরকম প্রাণ খোলা হাসি দেখে বললো:

তা:- তুমি হাসছে মা! আমার এরকম দুঃখে তোমার হাসি পেল?

মা:- (একটু কৃত্রিম গম্ভীরতা এনে)- "না না, আমার সত্যিই হাসা উচিত হয়নি। খুব ভুল করে ফেলেছি। আচ্ছা, তুই স্কুল থেকে এসেছিস অনেকক্ষণ হলো। এবার একটু ফ্রেস হয়ে খাওয়া দাওয়া করে নে। আজ লুচি আর কাশ্মীরী আলুর দম বানিয়েছি, সঙ্গে আছে রসগোল্লা। তুই ভালোবাসিস বলে করেছি। খাবি তো?

তা:- লুচি বানিয়েছো? বাহ্ কি মজা! কিন্তু তুমি ঐ ব্যাপারটা দেখবে বলো! তা না হলে শান্তি করে লুচি খেতেও পারবো না।

মা:- ঠিক আছে সোনা, তুই আমার উপরে ব্যাপারটা ছেড়ে দে। এখন তো তুই শান্তি করে খেয়ে নে!

ঐ দিন সন্ধ্যা বেলায় তাপস আর তাপসের মা সুমিতদের বাড়িতে গেল। সুমিতের মায়ের সঙ্গে তাপসের মায়ের খুব বন্ধুত্ব। কলিং বেল বাজাতেই দরজা খুললো সুমিতের বাবা।

সু বাবা:-আরে! কি সৌভাগ্য। আসুন আসুন। ভিতরে আসুন। তাপসও তো এসেছে দেখছি।

মা:- হ্যাঁ ওর বাবা বিশেষ কারণে একটু বর্ধমান গেছে, কালকে ফিরবে। একা থাকবে, তাই ওকেও নিয়ে এলাম। আপনারা সবাই ভালো আছেন তো?

সু বাবা:-খুব ভালো করেছেন।... হ্যাঁ। ঐ ঈশ্বরের কৃপায় চলে যাচ্ছে ভালোই। এসো সুমিত তুমি আমার সঙ্গে সুমিতের ঘরে গিয়ে গল্প করবে চলো।

তাপস ওর কাছে যাওয়ার আগেই সুমিত চলে এলো ওর কাছে।

সু:- কি রে তোপসে? টিকটিকিগিরি কেমন চলছে?

তা:- তুই আমার উপর চটে যাসনিতো তাহলে? আর আমি ভেবে ভেবেই অস্থির। যাই হোক। যে জন্য তোদের বাড়িতে এসেছি। আই অ্যাম এক্সট্রিমলি সরি রে! এই কান ধরছি। তোর সঙ্গে আর কখনো দুষ্টুমি করবো না। তবে কেস ঠুকে দিবিনা তো।

সু:- আরে ইয়ার! মজা করছিলাম তোর সঙ্গে। তুইও তো মজা করিস, তাই আমিও করেছিলাম। তুই ব্যাপারটাকে সত্যি সত্যি মনে করলি? মনে করলি সত্যিই ঠুকবো। তাই কখনো ঠোকেরে বোকা?

আর ওদিকে তাপসের মা সুমিতের বাবা ও মাকে ঘটনাটা বলতেই হাসির রোল ওঠে ওঁদের মধ্যে। এমনকি ওদের ঘরের কুকুরটাও ঘেউ ঘেউ করে ডেকে উঠলো। সবাই যখন হাসছে, ওই বা বাদ যাবে কেন?

সুমিতের বাবা বললেন, "এই সমস্যা জর্জরিত সংসারে আমরা মন-প্রাণ খুলে হাসতেই ভুলে গেছি। আপনারা এলেন বলে তাও একটু মন খুলে হাসতে পারলাম। অনেক ধন্যবাদ জানাই আপনাকে দিদি।

মা:- আমি তো ঘটনাটা শুধুমাত্র বললাম। ধন্যবাদ যদি দিতেই হয় তাহলে তাপসকেই দিতে হয়। কারণ ওই তো এর স্রষ্টা।

সু বাবা:- হ্যাঁ হ্যাঁ ঠিকই বলেছেন। বাবা তোপসে, তোমার জন্য আজ আমরা মন প্রাণ খুলে হাসতে পারলাম।

তা:- আমি আবার কখন কিভাবে হাসালাম সেটাই তো আমার মাথায় ঢুকছে না।

মা:-বাড়ি চল, বুঝিয়ে দেবো তোকে। বুঝতে পারলে তুই নিজেও হাসবি।

সুমিতের বাবা তাপসের মাকে বললেন: আপনারা এলেন, হাসালেন তাই আপনাদের শুধু মুখে ফেরানো যায় না, আমাদেরওতো কর্তব্য আছে, তাছাড়া রাতও হয়েছে। এখানেই ডিনারটা সেরে যান না! রামজী, মনোরমা রেস্টুরেন্ট সে পাঁচ প্লেট মাটন বিরিয়ানি লে কে আও। ম্যায় অন লাইন মে রুপেয়া ভেজ দে রাহা হ্যায়। ❏

হঠাৎ যদি কমতো বয়স

রাতুল বসুর পরিচয় যদি দিতেই হয় তাহলে প্রথমেই বলতে হয়, তিনি একটি সরকারি অফিসের বিভাগীয় প্রধান, বয়স মাত্র আটত্রিশ। তাছাড়া তাঁর আর একটি বিশেষ পরিচয় আছে, সেটা হল তিনি ভীষণ রকমই কল্পনা বিলাসী। হাতে কাজ কর্ম একটু কম থাকলেই কল্পনার সাগরে ডুব দেন। বিশেষ করে অতীতে ডুব দিতে খুবই ভালোবাসেন। মাঝে মাঝেই তিনি ভাবতে বসেন, আহা, হঠাৎ করে বয়সটা যদি কমে যেতো তাহলে কী ভালোই না হতো। একটা বিভাগের প্রধান হিসাবে এইসব চিন্তা করা তার পক্ষে একদম মানানসই নয়, তবু কী করা যাবে! এটাই যে তাঁর স্বভাব। তাঁর অফিসে কাজের চাপ খুবই আছে, তার উপর আছে পারিবারিক অনেক দায়িত্ব। এমনকি অফ-ডের দিনেও অনেক সময় তিনি রেহাই পাননা। মাঝে মাঝেই তাঁকে অফিস যেতে হয়। রাতুলবাবু তাই ভাবেন, বয়সটা যদি অনেকটা কমে যেতো, তাহলে এতো যে দায়িত্ব, কর্তব্য, ঝক্কি-ঝামেলা এসবের থেকে বেশ রেহাই পাওয়া যেতো।

একদিন রাতুলবাবু মনে মনে উপলব্ধি করলেন সত্যিই তাঁর মনের বয়স অনেকটা কমে গেছে, যদিও শারিরীক বয়স কিছু কমেনি, একই আছে। তিনি ফিরে গেছেন প্রায় পঁচিশ বছর আগে, স্কুলে পড়ার বয়সে। সকালবেলায় তিনি ফ্রেশ হয়ে অফিসের দিকে পা না বাড়িয়ে পঁচিশ বছর আগে যে স্কুলে তিনি পড়তেন সেই স্কুলের দিকে পা বাড়ালেন। স্বাভাবিক কারণেই তাঁকে ঢুকতে দিলেন না স্কুলের নিরাপত্তা রক্ষী।

ওঁকে একজন নিরাপত্তারক্ষী জিজ্ঞেস করলেন, "স্যার আপনি কার সাথে দেখা করতে এসেছেন? আপনার ছেলের সঙ্গে? ছেলের নাম কি? কোন ক্লাসে পড়ে? কোন সেকশনে?

রাতুলবাবু বললেন, "একী? আপনি আমার সঙ্গে "আপনি আজ্ঞে" করে কথা বলছেন কেন? আপনি আমাকে চেনেন না? আমি ক্লাস এইটে পড়ি। আপনার থেকে বয়সে অনেএএএক ছোট। আর একটা কি যেন বললেন? হ্যাঁ, "আপনার ছেলে কোন ক্লাসে পড়ে.।" মানে? আমাকে দেখে

কি বাচ্চার বাবা বলে মনে হচ্ছে? একটা ক্লাস এইটের বাচ্চা ছেলের কি ক্লাস এইটে পড়া বাচ্চা থাকতে পারে? আপনার কি মনেহয়?

রাতুলবাবুর কথা শুনে দারোয়ানের চোখদুটো ছানা বড়ার মতো হয়ে গেল।

আরে! এ পাগলটা বলে কী? ধেড়ে বুড়ো, বলে কিনা এই স্কুলে এইটে পড়ে। আপনি কি আপনার চোখের মাথা খেয়েছেন, নাকি আমার সঙ্গে মস্করা করছেন? না কি আপনার মাথা খারাপ হয়ে গেছে, কোনটা ঠিক, বলুন তো স্যার? পুলিশ ডাকবো কি বলুন?

মস্করা করিনি পাগলও হইনি, আপনারা যদি আমাকে চিনতে না পারেন আমার কী দোষ বলুন! আমার নাম রাতুল বসু। এই স্কুলেরই অষ্টম শ্রেণীর ছাত্র। এই মধ্যেই আপনারা সব ভুলে গেলেন? আচ্ছা, একটু মনে করানোর চেষ্টা করছি। সেই যে সেই ঘটনাটা মনে পড়ছে? একদিন খুব ঝড় বৃষ্টি হচ্ছিল, বাড়ি থেকে ছাতা বা রেন কোটও ছিলনা আমার সঙ্গে, আপনিই তখন ছাতা দিয়ে আমার উপকার করেছিলেন! মনে পড়ছে?

একটু চেষ্টা করুন না। এত কিছু বলার পরেও ঢুকতে তো ওকে দিলইনা বরং আর এক দারোয়ান তেড়ে এসে বললো," জলদি ভাগ্ হিঁয়াসে! উল্লু কাঁহিকা। না যানে সে পুলিশকো আভি কল করেংগা।"

রাতুলবাবু আর কী করেন, পুলিশ ডাকার কথা শুনে ভয় পেয়ে মুখ শুকিয়ে বাড়ি ফিরে এলেন। পুলিশকে ভয় পায় না এমন মানুষ কজন আছে?

বাড়ি ফিরেও কি রক্ষা আছে? ওর মা বললেন, কি রে এই তো অফিসে গেলি, এই মধ্যে অফিস ছুটি হয়ে গেল? কেউ মারা গেছেন নাকি? ভালোই হল, তুই বরং ইলেকট্রিক বিলের টাকাটা জমা দিয়ে আয়, আর এই নে ফর্দ। ফেরার পথে মুদির দোকানটাও করে আনিস।আর একটা কথা। সামনেই তো সবজি বাজার। ওখান থেকে টুকটাক সবজিটাও কিনে আনিস কেমন! কুমড়ো কিনে আনিস একটা। দেখিস কুমড়ো আনতে গিয়ে যেন চাল কুমড়ো নিয়ে আসিস না।

ও মা! কী বলছো তুমি? এইটুকু বারো-তেরো বছরের একটা বাচ্চা ছেলেকে এতো কাজ করতে কেউ কি দেয়? তোমার কি আমার উপর

একটুও মায়া মমতা বলে কিছু নেই? এমন তো ছিলে না আগে! তোমার কী হলো গো?

আগে বল তোর কি হয়েছে? তোর মাথা-টাথা ঠিক-ঠাক কাজ করছে তো? প্রতি মাসেই তো এই কাজগুলো তুইই করিস, আজ হঠাৎ করে তোকে কি ভূতে ভর করেছে?

ভূত টুত আমি মানিই না, তাঁরা ভর করবে আমায়? আর কোথায় করি? এগুলো তো সব বাবাই করে?

এবার বুঝেছি। তোর মাথাটা সত্যিই গেছে। বলি তোর বাবাকে কি স্বর্গ থেকে নামিয়ে এনে কাজ গুলো করতে বলবো? বাবাকে এখন পাবি কোথায়? সে তো অনেক বছর আগেই পরলোকে চলে গেছে! তুই যদি পারিসতো সেখান থেকে ডেকে আন!

হঠাৎ একটা ঝাঁকুনি পেয়ে রাতুলের ঘুমটা ভেঙে গেল।

কি রে? আজ তোর অফিস ছুটি? পড়ে পড়ে নাক ডাকিয়ে কেবল ঘুমিয়েই যাচ্ছিস। আর বিড় বিড় করে কি সব বলে যাচ্ছিস। স্বপ্ন দেখছিলি নাকি? ওর মা ওকে ধাক্কা দিয়ে বললেন।

অ্যাঁ... অ্যাঁ.. আমি স্বপ্ন দেখছিলাম? হ্যাঁ হ্যাঁ ঠিকই বলেছ। স্বপ্নই দেখছিলামই বটে। ছোট ছেলে হয়ে যাওয়ার স্বপ্ন। ... হ্যাঁ হ্যাঁ ঠিকই, অফিস তো যেতেই হবে। আজ একটা জরুরী মিটিং আছে। হেড কোয়ার্টার থেকে বড় সাহেব আসছেন। আজ তো না গেলেই নয়। না যদি যাই আমার চাকরি হয়ে যাবে নট। তড়াক করে উঠে পড়লেন রাতুলবাবু। উঠেই দে দৌড় ওয়াশরুমের দিকে।

রাতুল কিছুটা কল্পনাজগৎ আর কিছুটা বাস্তবজগৎ এই দুই জগৎ এক করে যে অদ্ভুত স্বপ্নটা দেখলো, তার থেকে একটা শিক্ষা নিল। বয়সও আর কমবেনা আর ছোটবেলার সেই মধুর দিনগুলিও ফিরে আসবে না, স্মৃতি হিসাবেই মনের অন্তস্থলে রয়ে যাবে। বিগত দিন কখনো ফিরে আসার নয়। ঐ সব ভাবা মানে মনে মনে কষ্ট পাওয়া। বরং এখনকার যা কাজ তা সঠিকভাবে করতে পারলেই সন্তুষ্টি লাভ সম্ভব। ❑

কাজের চাপ

অনিমেষ বসুর অফিস আজ ছুটি। একটি প্রাইভেট অফিসে কাজ করেন তিনি। একতলায় অফিস আর দোতলায় মালিকের বাসস্থান। সকাল নটা থেকে পাঁচটা পর্যন্ত অফিস। শনি ও রবিবার ছুটি। ছুটির দিন সকালে বিছানা থেকে উঠতে একটু গড়িমসিই করে অনিমেষ। তবে উঠতে দেরি করলেও সকাল আটটার মধ্যেই ও উঠে পড়ে। কিন্তু আজ যে কী হলো, বেলা নটা বেজে গেলেও ও উঠছে না দেখে ওর স্ত্রী ওকে ডাকতে গেল।

মো:- কি গো, সকাল আটটা অনেকক্ষণ বেজে গেছে। বলি বেঁচে আছো না টেঁসে গেছো? বাজার যাওয়ার কথা কি বেমালুম হজম করে ফেললেন অনিমেষ বাবু?

অনি:- ভুলি নাই কিছু ভুলি নাই। এখনই উঠছি ম্যাডাম। আজ অফ ডে বলে একটু মৌজ করছি।

এইসব কথা বার্তা চলাকালীনই "শ্যামের বাঁশি" (মোবাইল) বেজে উঠলো।

অনি:- উ:, সাত সকালে ফোন। দেখো তো মোহিনী, কে ফোন করেছে?

মো:- দেখছি... তোমার মোবাইলে 'উৎপাত' নামে যাঁর নাম সেভ করা আছে, তিনিই ফোন করেছেন। উৎপাত কারো নাম হতে পারে জানতাম না। আজ জানলাম।

অনি:- ওরে বাবা! (একটা হাই তুলে) জানো না? উনি আমাদের অফিস ম্যানেজার কাম মালিক আমাদের স্যার উৎসববাবু। তাঁর ফোন। আর এই "উৎপাত" নামকরণ তো আমারই করা। জানবে কেন এই নামকরণ? কারণ ছুটির দিনে ফোন করে ডিসটার্ব করে বলে এই নামকরণ করেছি। কিন্তু কথা হচ্ছে আজও উৎপাতের ফোন এলো। উৎপাতের উৎপাত কি বন্ধ হওয়ার নয়? উ:, আর পারা যায় না। দেখি, কী বলে আবার!

অনি:- হ্যালো? বলে ফেলুন স্যার, কি মনে করে আমাকে স্মরণ করেছেন। আজ আমার অফ ডের দিনেও ফোন কল না করে থাকতে পারলেন না স্যার? জীবনটাকে মনেহয় আপনি "শুকনো পোড়া রুটি" বানিয়েই ছাড়বেন।

উ:- আপনাকে ছাড়া কাকেই বা স্মরণ করি বলুলতো? মুশকিল হলো, প্রয়োজন পড়লে আপনার কথাই প্রথমে মাথায় আসে, এর কারণ আপনি ভালো কাজ করেন। আর যাঁরা আছেন তাঁদের উপর আমি পুরোপুরি ভরসা করতে পারি না। কিন্তু আপনিই বলুন, আপনাকে সব অফ-ডেতেই ডাকি কি? আর একটা কথা স্বীকার করতেই হবে, আপনি বেশ ভালো নামকরণ করতে পারেন। জানিনা। আপনি হয়তো অনেকেরই এরকম নামকরণ করেছেন। আমারও হয়তো করেছেন। আচ্ছা, আপনি বলছেন আমি নাকি আপনার জীবনটাকে "শুকনো পোড়া রুটি" বানিয়ে দিয়েছি! আপনি কি জানেন, এই শুকনো পোড়া রুটিই কতো মানুষের আহার্য বস্তু ও কাঙ্ক্ষিত এক দ্রব্য। কল্পনা করুন তো আপনি দু দিন ধরে না খেয়ে আছেন। তখন যদি আপনার সামনে কেউ শুকনো পোড়া রুটি দেয়, আপনি কি সেটা সরিয়ে রাখতে পারবেন? সুতরাং আপনি শুকনো পোড়া রুটিকে অবজ্ঞা আর অবহেলা করবেন না। খিদের মুখে ওটাই হলো গিয়ে অমৃত।

কী ঠিক বললাম? যদি মনেহয় ঠিক বলিনি তাহলে একদিন না হয় পরীক্ষাই হয়ে যাক। কী, দেবেন পরীক্ষা?

অনি:- না না স্যার। তার আর দরকার নেই। দুঃখিত।

উ:- হা হা হা...

(অনিমেষ জানে এর সঙ্গে পাঙ্গা না দেওয়াই ভালো। একবার দিতে গিয়ে নাস্তানাবুদ হয়ে গেছিল। আর সে পথে পা বাড়ায়?)

যাইহোক, যে কথা বলতে চাইছিলাম, সেটা হলো আজ শুধু আপনি নন, আপনাদের দুজনকেই আসতে হবে। একটা বড়ো কাজ আছে, সেটা আপনাদেরই উদ্ধার করতে হবে। এটা আমার নির্দেশ বলতে পারেন।

অনি:-সে কী? আজ অফ ডে-র দিনেও কাজ? আর আমার মিসেস আপনার নির্দেশে কাজ করতে যাবেনই বা কেন?

উ:- করবেন বৈকি, নিশ্চয়ই করবেন। ইটস মাই অর্ডার।

অনিমেষ ফের বললো, " স্যার, যাচ্ছিলাম বাজারে, দিলেন তো সব প্ল্যান ভেস্তে? আপনার কথা বার্তায় মোহিনীও খুব বিরক্ত।

উ:- বিরক্ত হয়েছেন? কই দেখি বিরক্তির টেম্পারেচার কতোটা উঠেছে? হ্যালো আপনি আমার উপর নাকি খুব বিরক্ত হয়েছেন?

মো:- (হেসে) না না, বিরক্ত হইনি, তবে ভেবে দেখুন স্যর, অফ ডের দিন ঘরে অনেক কাজ থাকে, আর প্রত্যেক সংসারেই ছুটির দিনে একটা পরিকল্পনা করা থাকে। তাই ছুটির দিনে যদি এরকম হঠাৎ করে ডাক পড়ে তাহলে...

উ:- তাহলে কি হয়? সমস্যা তো? খুব রাগ হয় তাই না?

মো:- না স্যর, ঠিক সেটা নয়।

উ:- উঁহু উঁহু। ইতস্ততঃ না করে সত্যি কথা বলুন।

মো:- হ্যাঁ স্যর, তা একটু হয় বটে।

উ:- আর সেই জন্যই ঐ "শুকনো পোড়া রুটি" মার্কা জীবনের বাইরেও যে আর একটা জীবন আছে সেটাকেও...উঁহু, নিয়মিতভাবে নয়, মাঝে মাঝে চাইতে হয়। কী, তাইতো ম্যাডাম? ঠিক বলছি?

মো:-কিছু মনে করবেন না স্যর, আপনার এই হেঁয়ালি মার্কা কথা বার্তা কিছুই বুঝতে পারছি না।

উ:- এখন কিছু বুঝতে হবে না। আজ দুপুরে বুঝলেই হবে। এখন রাখছি।

অনি:- কি ব্যাপার বলো তো? কিছুই তো বুঝতে পারছিনা। তুমি কিছু বুঝছো?

মো:- মনেহয় উনি আজ দুপুরে খাওয়ার নিমন্ত্রণ করেছেন।

অনি--দূর! খেপেছো? যিনি মাত্র পাঁচ টাকায় কাগজের কাপের এক কাপ চা খাওয়াতে পারেন না, তিনি করবেন নিমন্ত্রণ!

ওকে আমি অনেকদিন থেকে দেখছি। উনি শুধু কাজই বোঝেন অন্য কিছু বোঝেন না। তুমি ভাবলে কিকরে কথাটা? তবে একথা ঠিক আজকের মতো হেঁয়ালি করে কথা বলতে দেখিনি আগে। চলো তবে দেখাই যাক। হাজার হোক মালিক বলে কথা। তাঁর কথা অমান্য করি কী করে? তবে মনেহয় উনি কোনোভাবে জানতে পেরেছেন যে আমি ওনার নাম পাল্টে দিয়েছি। তা নাহলে বলবেন কেন, "...না জানি আরো কতজনের কতো নামকরণ করেছেন, আমারও হয়তো নামকরণ করেছেন।"

মো:- কি জানি হয়তো বুঝেছেন।

শেষ পর্যন্ত অনেক কথাবার্তার শেষে অনিমেষ ও মোহিনী দুজনেই উৎসব বাবুর বাড়িতে গেছিলেন।

প্রথম দেখা হতেই উৎসব বাবুর প্রশ্ন ছিল "হ্যাল্লো মিষ্টার এণ্ড মিসেস বোস, তাহলে ভয় কাটিয়ে আসতে পারলেন? কর্তা গিন্নি মিলে অনেকক্ষণ আলোচনা হয়েছে আন্দাজ করতে পারছি।

মো-না না স্যর, আলোচনা টালোচনা আর কী হবে, কিছুই হয়নি।

উ:- উঁহু, বললেই আমি বিশ্বাস করে নেবো? আমি অনিমেষকে অনেকদিন ধরে চিনি। ও যে কোনো কাজই অনেকের সঙ্গে আলোচনা না করে সিদ্ধান্তে আসে না। হ্যাঁ, কাজের কথায় আসি, যে কাজ করতে দেবো ঠিকঠাক হওয়া চাই। ফাঁকি একদম চলবে না। দিলে কপালে চার্জশিট লেখা থাকবে। এ চার্জশিট সাধারণ চার্জশীট নয়।

অনিমেষ ও মোহিনী পরস্পর চোখ চাওয়া চায়ী করলো।

উ:- এসো আমার সঙ্গে পাশের ঘরে।

এবার উৎসব বাবু ওদের নিয়ে গিয়ে বসালেন একটা বড় ঘরে। ঘরে ওরা তিনজন আর উৎসব বাবুর স্ত্রী কন্যা ছাড়া আর কেউ নেই।

এবার উপস্থিত সকলের জন্যই এলো জিভে জল আনা হরেক রকম খাবার। দেরাদুন চালের ভাত, সোনা মুগের ডাল, পোস্তর বড়া, এঁচোড় চিংড়ি, ইলিশ ভাপা, গলদা চিংড়ির মালাইকারি, চিকেন মাঞ্চুরিয়ান, আমের চাটনি, দই ও রসগোল্লা।

উৎসববাবু হেসে বললেন, হ্যাঁ, এটাই হলো তোমাদের কাজ। সব খাবার গুলোকে চব্য, চোষ্য, লেহ্য, পেয়ের সাহায্য নিয়ে সব উদ্ধার করতে হবে। পারবোনা বললে চলবেনা না। খেতেই হবে।

মোহিনী ও অনিমেষের বিশেষ করে অনিমেষের চোখ দুটো হয়ে গেল একেবারে অকৃত্রিম ছানাবড়া।

অনি-আ আ আপনি যে বললেন অনেক কাজ আছে আমাদের দিয়ে করাবেন...।

উ:- আছেইতো! খাবার খাওয়া কি কাজের মধ্যে পড়ে না? খাওয়াটাওতো দিনের একটা গুরুত্বপূর্ণ কাজ। শুধু কাজই নয়। পরিপাটি করে গুছিয়ে খাওয়াটাও একটা আর্ট বলতে পারো, যেটা সবাই পারে না। তাই এটাকে অবহেলা করলে চলে কি? সেই খাবারটা হতে পারে পোলাও

অথবা ফ্রায়েড রাইস, বিরিয়ানি, লুচি, রাধাবল্লভি বা হতে পারে অনিমেষের ভাষায় শুকনো পোড়া রুটি। খাবার কিন্তু খেতেই হবে সবাইকে।

অনিমেষ ও মোহিনী দুজনেই উৎসব বাবুর কথা শুনে হেসে উঠলো।

অনি:- সত্যিই, আপনি মারাত্মক কাজের চাপ দিয়ে দিয়েছেন। কাজ করতে করতে হাঁপিয়ে উঠেছি আমরা।

উ:- তবে ! বলেছিলাম না, অনেক কাজ আছে! আর আমিও কি ভাবতে পেরেছিলাম যে আমার ঘনঘন ফোন পাওয়ার চোটে আপনি আমার ঠাকুমার দেওয়া নাম উৎসবের বদলে উৎপাত করে দেবেন! এই কথা শুনে অনিমেষের আক্কেলগুড়ুম। মোহিনী তো ভাবছে, কেন যে এলাম! না এলে এভাবে মুখ লুকানোর জায়গা খুঁজতে হতো না। আর অনিমেষের অবস্থা আরো ভয়ানক। ও মাংসের পিসটা মুখে পুরে না পারছে চিবাতে না পারছে গিলতে।

শেষ মেষ উৎসববাবুই বললেন, নাও নাও, আর লজ্জা পেতে হবে না। আমার কাজটা আগে উদ্ধার করো তো। জেনে রেখো আমি শুকনো আমসির মত দেখতে হলেও আমার মধ্যেও কিছু রস-কষ আছে। আর অনিমেষবাবু আপনাকে বলছি। আপনি যদি ডালে ডালে চলেন, আমি চলি পাতায় পাতায়।

অনি:- হুমমম। সেটাতো ভালোই বোঝা যাচ্ছে।

উ;- অনিমেষ বাবু, আপনি কিন্তু পরিপাটি করে

খাচ্ছেন না। এর জন্য শীঘ্রই চার্জশীট পাবেন।

মোহিনী-কিন্তু আপনি যে হঠাৎ করে না বলে এতো "কাজের চাপ" দিয়ে দিলেন আমাদের!

উৎসব-'কাজের চাপ' দিলাম কি আর সাধে! আজ আমার বেলতলায় ...থুড়ি ছাদনাতলায় যাওয়ার বার্ষিকী। তাই ভাবলাম বুড়ো বুড়ি একা একা উপভোগ করার থেকে ইয়ং-জেনদেরও ডাকি। তোমরাই হলে আমার সেই ইয়ং-জেন। অফ-ডের দিন মাঝে মাঝেই কাজ করার জন্য ডাকি অনিমেষকে। ও বিরক্ত হয় বুঝি, কিন্তু আমিও নিরুপায়। আর এই বিশেষ দিনে তোমাদের যদি না ডাকি, তাহলে সেটা হবে খুবই অন্যায়। (মোহিনীর দিকে তাকিয়ে) আর তোমার কর্তামশাইও তো বলেন, আমি নাকি তোমাদের জীবন একেবারে "শুকনো পোড়া রুটি" করে ছেড়ে দিয়েছি। তাই তোমাদের

অফ-ডের দিন ডেকে একটু চমক দেওয়ারও একটা উদ্দেশ্য ছিল। বোঝাবার চেষ্টা করলাম অফ-ডের দিন আমি ডাকা মানেই "শুকনো পোড়া রুটি" নয়। তোমার কর্তা আরো বলেন, আমি নাকি পাঁচ টাকার চা-ও খাওয়াইনা। শুধু কাজ করাতেই ডাকি। 'উৎপাত' কেবল উৎপাতই করে। কি বলে কিনা? সেই বদনামটা ঘোচানোর একটু চেষ্টাও বলতে পারো।

মোহিনী-অস্বীকার করছি না, কিন্তু আপনি এতো খবর পান কোথা থেকে?

উৎসব-(ঠোঁটে আঙুল দিয়ে) উঁহু, উহু টপ সিক্রেট। ওটা বলা যাবে না। "গোপন কথাটি" গোপনই থাক। আর ঐ যে বললাম:-

চলি আমি পাতায় পাতায়, ইচ্ছে হলে এমনি খাওয়ায়, অফ ডের দিন জ্বালাই ডেকে, উপায় নেইকো গিয়ে রেগে।

এই ছড়াটাই মনে রেখে দাও তোমরা।

উৎসববাবুর কাণ্ড দেখে অনিমেষবাবু, মোহিনীদেবী, উৎসববাবুর স্ত্রী ও কন্যা সবাই একসাথে হেসে উঠলেন।

অনিমেষ আবার জিজ্ঞেস করলো, "তাহলে চার্জশীটটা আর পাচ্ছিনাতো স্যার!

উৎসব- 'পাচ্ছিনাতো স্যার' মানে? আমি বলেছি মানেই পেয়েই গেছো ধরে নাও। ওটার থেকে নিস্তার নেই। আর ওই চার্জশিট কার্যকরী হবে আর একটা 'অফ-ডের' দিনেই। বুঝতে পেরেছতো কি বলতে চাইছি? না বুঝলে বুঝে নাও...।

অনিমেষ-(হেসে) হ্যাঁ হ্যাঁ বুঝে গেছি আর বলতে হবে না। তবে 'অফ ডের' দিন হলেও মাঝে মধ্যে যদি এই রকম প্রমোশনাল "কাজের চাপ" দেন স্যার, তাহলে "চার্জশিটের চাপ" নিতে কোনো অসুবিধা

হওয়ার কথা নয়।

উৎসব-উ...উ...উ...উ...উ...হ! দেখেছো কাণ্ড একবার! তোমার কর্তার জিভের জুৎ দেখেছো একবার মোহিনী! বলে কিনা "চার্জশিটের চাপ" নিতে নাকি অসুবিধা হওয়ার কথা নয়, মাঝে মাঝে এইরকম পেট পুজো করালে। মামুর বাড়ি আর কি...!

এই শুনে উপস্থিত সবাই হেসে উঠলো।❑

আজকের রান্না

ছোট্ট পরিবার সুখী পরিবার সুকুমার বাবু আর মৌসুমি দেবীর। সুখী পরিবার বলেই তো বিয়ের ত্রিশ বছর পরেও ওঁদের মধ্যে মাঝেমধ্যেই হাসি-ঠাট্টা, খুনসুটি মজা মস্করা চলে। তাই জীবনটা এখনো সরেস ও সতেজ আছে। শরীর ও একদম ফিট। নো সুগার, নো ব্লাড প্রেশার। একমাত্র কন্যা সঞ্চিতারও বিয়ে হয়ে গেছে বছর আগে। যদিও ভিডিও কল করে মাঝে মাঝেই কথা হয়, তবুও বিয়ের পর আজই প্রথম আমেরিকার নিউ জার্সি থেকে মেয়ে ও সাহেব জামাই আসছে।

রবিবারের ভোর বেলা-ভোর পাঁচটা বাজে এখন। মৌসুমি দেবীর মাথায় আজ বিশাল চিন্তা। বিয়ের দু বছর পর আজই প্রথম মেয়ে জামাই আসছে আমেরিকার নিউ জার্সি থেকে। সাহেব জামাই বলে খুবই একসাইটেড উনি। ওঁরা অন্যদিন ভোর পাঁচটার সময় উঠলেও রবিবার ঘুম থেকে উঠতে একটু দেরী করেন। কিন্তু মৌসুমীদেবী আজ আর শুয়ে থাকতে পারলেন না, এমনকি কেউ শুয়ে থাকে সেগুলো ও চান না তাই সুকুমার বাবুকে ডাকতে গেলেন-

মৌসুমিদেবী:- এই শুনছো, সকাল পাঁচটা বেজে গেছে। এবার ঘুম থেকে উঠে তৈরী হয়ে নিয়ে প্রথমে মর্নিং ওয়াকে যাও, তারপর চা টা খেয়ে বাজার যাও!

সুকুমার বাবু:- আজ কী বার? রবিবার তো! আজ তো ছুটির দিন। আজ থাক না ওসব। প্রতিদিনই তো ওসব করি। আর এখন সবজিওয়ালাদেরই ঘুম ভাঙে নি।

মৌ- প্রতিদিন করো বলেই তো বলছি। মর্নিং ওয়াক রেগুলার করতে হয়। এসব জিনিস বন্ধ করতে নেই। আর আজ তাড়া কিসের? জানো না? আজ কাদের আসার কথা আছে? ন্যাকা যেন! কিছুই জানেনা।

আহা, আর একটু শুয়ে থাকি না!

মৌ-শুয়ে থাকলে হবে না চাঁদু, এবার উঠে পড়ো। আজকের দিনের কথা তোমার মনে আছে, না ভুলে মেরে দিয়েছ? আর তুমি যে বললে

সবজিওয়ালাদের এখনো নাকি ঘুম ভাঙেনি, তুমি কি জানো ওরা কতো পরিশ্রমী হয়? অনেক অনেক ভোরে ঘুম থেকে ওঠে ওরা। সক্কাল সক্কাল উঠে তৈরী হয়ে বাজারে আসে। আমি ওদের খুব কাছ থেকে দেখেছি বলে আমি জানি। তুমি কুম্ভকর্ণ বলে সবাইকেই কুম্ভকর্ণ মনে করার কারণ নেই।

সু- ঠিক আছে বাবা, "মেনেছি গো মেনেছি হার মেনেছি।" এবার বলতো, আজকের দিনে কি আছে?

মৌ- হায় রে কপাল! ত্রিশটা বছর পেরিয়ে গেল এখনো তোমার ভুলো স্বভাব গেল না? আজ মেয়ে জামাই আসছে ভুলে গেছ?

সু- এ আর এমনকি। এ সব ব্যাপার বাড়ির গিন্নিদের মনে থাকলেই যথেষ্ট। তোমার তো মনে আছে! তাহলেই হবে।

মৌ-এটা কোনো কথা হলো? দেখতে পাচ্ছি তোমার শুধু বয়সটাই বেড়েছে, দায়িত্ব কর্তব্য এসব কিছুই নেই। আমারই যতো দায়িত্ব না? আর তুমি সারাদিন কেবল ঠোঁটে সিগারেট ঝুলিয়ে দেশোদ্ধার করতেই ব্যস্ত থাকবে। বেশ ভালোই আছ। আমার মতো ভালো মেয়ে পেয়েছিলে বলে এ যাত্রায় বেঁচে গেছ। পড়তে সেরকম মেয়ের পাল্লায়, বুঝতে, ঠ্যালার নাম বাবাজি কাকে বলে।

সু-ওরা আসতে তো অনেক দেরী। এখন থেকেই বাজার গিয়ে হবেটো কী?

মৌ-দেরী আর কোথায়! আরে বাবা! এটাও তুমি বোঝা না? আমাকে আগে থেকে ব্যবস্থা করতে হবে তো না কী? তোমার মতো গা এলিয়ে থাকলে আর ভোঁস ভোঁস করে মোষের মতো নাক ডাকালে হবে আমার? ওঠো ওঠো। আর শুয়ে থেকো না। ওয়াশরুম থেকে ঘুরে এসো, চা বানিয়ে দিচ্ছি। চা খেয়ে বাজার চলে যাও। আর শুয়ে থেকো না। মেয়ে জামাই বিয়ের পর এই প্রথম আসছে। ভালো মন্দ খাওয়াতে হবে না?

মৌ-শোনো ভালো করে। বাজার থেকে নিয়ে আসবে ব্রকোলি, হাতির মাথার সাইজের বাঁধাকপি, এঁচোড়...

সু-এই শীতে এঁচোড়?

মৌ- এখন সারা বছর সব কিছু পাওয়া যায়। যা বলছি শুনে যাও। মাঝখানে কথার মাঝে বলো না।

সু:- তথাস্তু, বলে যান ম্যাডাম।

মৌ-সীম, গাজর, পালং শাক, মটরশুটি, ক্যাপসিকাম, টমেটো ... মাছের মধ্যে আনবে ভেটকি, গলদা চিংড়ি আর ইলিশ। আর আনবে মাটন।

সু-এতো এতো বাজার আনবো, খাওয়ার লোক মেয়ে জামাইকে নিয়ে মাত্র চার জন। আমি ভাবছি এতো এতো জিনিস নষ্ট না হয়।

মৌ:- নষ্ট হতে যাবে কেন? কিছুই নষ্ট হবে না দেখে নিও তুমি। আর মেয়ে জামাই শুধুতো একা খাবে না, আমরাও তো আছি। এমন উপাদেয় রান্না করবো না! চেয়ে চেয়ে নেবে এই বলে দিলাম।

সু-দেখাই যাক। তবে তোমার হাতের রান্না তো? বলা যায় না কিছুই।

তার মানে? কী বলতে চাইছো তুমি? আমার রান্না খারাপ?

সু:- কিছু বলতে চাইনি ম্যাডাম। আমার ঘাড়ে তো একটাই মাথা আছে, দুটো বা তিনটে মাথা আছে কি? সেটা গেলে তো ইতিহাসের "স্কন্ধহীন শশাঙ্কের" দশা হবে! দাও থলিটা এবার।

এরপর সুকুমার বাবু চা খেয়ে বাজার গেলেন ও গিন্নি যেমনটা বলেছিলেন তেমনটি নিয়ে এলেন।

আজ মৌসুমি ম্যাডাম রান্না করার দিদিকে ছুটি দিয়েছেন নিজে রেঁধে খাওয়াবেন বলে।

সু-তুমি যে রান্নার মেয়েটিকে ছুটি দিয়ে দিলে নিজে রেঁধে খাওয়াবে বলে, তুমি ঠিকঠাক রাঁধতে পারবে তো? সবকিছু যেন গুবলেট করে দিও না। তোমার হাতের রান্না আগে খেয়েছিতো, তাই বলছি আর কি।

মৌ-তুমি আমার হাতে রান্না খেয়েছিলে অনেকদিন আগে। এখন আমার হাতের রান্না অনেকটাই ইম্প্রুভ করেছে।

সু-ইম্প্রুভ করলেই মঙ্গল। স্কুলে পড়া কালীন বাংলায় একটা ভাব সম্প্রসারণ প্রায়ই করতাম। "কতো বড় আমি, বলে নকল সোনাটি। তাইতো সন্দেহ করি নহ ঠিক খাঁটি।" সেটাই শুধু মগজে ঘুরঘুর করছে। আমাদের প্রেসটিজের যে দুটো চাকা আছে, পাংচার না হয়ে গেলেই মঙ্গল। যাইহোক, এখন ওদের ফ্লাইট আসার সময় হয়ে আসছে। আমি ওদের এয়ারপোর্টে রিসিভ করতে যাচ্ছি।

মৌ-ঠিক আছে যাও।

যথা সময়ে ওদের ফ্লাইট ল্যান্ড করলো। উইলিয়াম আর সঞ্চিতা বেরিয়ে এলে সুকুমারবাবু ওদের অভ্যর্থনা জানালেন।

আজকের দুপুরের মেনু এই রকমঃ-

সাদা ভাত, বাসন্তী পোলাও, মাছের মাথা দিয়ে মুগ ডাল, পালং শাক ভাজা, আলু ভাজা, বেগুনি, ব্রকোলির কারি, এঁচোড়ের কারি, ভেটকি ফ্রাই, চিংড়ি মাছের মালাইকারি, মাটন, চাটনি, দই ও শেষ পাতে নলেন গুড়ের রসগোল্লা।

মৌসুমি দেবী উইলিয়াম ও সঞ্চিতা দুজনকেই ডাকলেন খেতে বসার জন্য, কিন্তু সঞ্চিতা বললো আমি একটু পরে খাব। উইলিয়ামই আগে খেয়ে নিক।

ওদের জামাই উইলিয়াম খাবারের এতো সব আয়োজন দেখে বলেই ফেললো:

উ-মাই ঘড (গড)! ইটো (এতো) খাড্য (খাদ্য) খি (কি) মানুষে খাইটে পারে?

মৌ-এ আর এমন কী করেছি, খুবই সামান্য আয়োজন। খেয়ে নাও সব।

কিন্তু জামাই উইলিয়াম সামান্য একটু খাবার মুখে দিয়েই বসে আছে।

মৌ-কি হলো বাবা? বসে আছ কেন। খেয়ে নাও।

তখন উনি কোনো তরকারি মুখে দিয়ে মুখ বিকৃত করছেন অথবা কোন কারি মুখে দিয়ে ঝালে উ: আ: করছেন।

মৌ-কি হলো বাবা খাচ্ছনা? ঝাল লাগছে? তাহলে ওটা খেতে হবে না। রেখে দাও।

এই করে শেষ পর্যন্ত উইলিয়াম কিছুই প্রায় খেলো না।

বেশিরভাগ আইটেমের ক্ষেত্রেই শাশুড়ি মা বললেন খারাপ লাগলে খেয়ো না।

উইলিয়াম কোনওক্রমে আধপেটা খেয়ে উঠে পড়লেন।

এরপর সঞ্চিতা খেতে বসে একটু খাবার মুখে দিয়ে বললো, "আজকের রান্না কে করেছে গো? এ তো দারুণ টেস্ট। এ যে হোটেলের শেফকেও হার মানাবে!"

মৌ-সত্যিই? আমি আজ রান্নার মেয়েটিকে ছুটি দিয়ে আমিই নিজের হাতে সব বানিয়েছি। কিন্তু উইলিয়াম যে খেতে পারলো না?

সঞ্চিতা-ওতো এরকম "ভালো" বাঙালি রান্না খায়নি, তাই।

মৌ-তাহলে আমি রান্নার মেয়েটিকে ছুটি দিয়ে ভালোই করেছি বল্? ভালো হয়েছে খেতে?

স-একদম। এবার তুমি আর বাপি খেয়ে নাও। (খুব ক্ষীণ স্বরে) তাহলেই হাড়ে হাড়ে বুঝবে।

মৌসুমিদেবী সুকুমারবাবুকে বললেন, এবার তুমি খেয়ে নাও। আমি তোমাদের হয়ে গেলে খাব।

আর তারপর সুকুমারবাবু খেতে বসেই টের পেলেন কেমন "উপাদেয়" রান্না হয়েছে আজ। উনি বললেন, "আ:, আজ যা চমৎকার রান্না করেছো না! কতোদিন যে এরকম মুখে লেগে থাকার মতো খাবার খাইনি! বহুদিন মুখে লেগে থাকবে আজকের রান্না।

মৌ:- হ্যাঁ গো, সত্যিই তাই? মুখে লেগে থাকার মতো?

সু:- হ্যাঁ। বলছি একে একে। অধৈর্য হয়োনা প্লীজ।

শাক ভাজায় ছিল দুটো কৃষ্ণ বর্ণ কেশ, তাছাড়া লবনও ছিল বেশি। ব্রকোলির কারি লবন বিহীন, মাটনকে যেন মনে হচ্ছিল ছাদ ঢালাইয়ের পাথর, গলদা চিংড়ির মালাইকারিকে কেউ যদি মনে করে ভিসুভিয়াস আগ্নেয়গিরি, তাহলে অন্যায় হবে না এতো ঝাল। ব্যস। এই টুকুই।

সুকুমার বাবুর মুখে এই বিবরণ শুনে মাথায় হাত দিয়ে বসলেন মৌসুমি দেবী। সব কথা তাঁর হারিয়ে গেছে। শুধু কষ্ট করে বলতে পারলেন "অ্যাঁ? সে কী?"

সুকুমারবাবুও তার উত্তরে বললেন, "হ্যাঁগো তাই। বলিনি মেকি।" ❑

বিট্টুমামার কাহিনী

আমার পরিচিত এক "মামা" থাকতেন বাহাদুরপুরে। এলাকার সকলেই তাঁকে বিট্টু মামা বলে ডাকতেন। আমরাও সেই নামেই ডাকতাম। কিন্তু একটা ঘটনা ঘটে যাওয়ার পর তাঁকে আড়ালে আবডালে ব্যঙ্গ করে সকলে "বীরপুঙ্গব মামা" বলেই ডাকেন। কিকরে তাঁর এরূপ নাম হলো সেই কথাতেই এবার আসছি।

গ্রামের নাম চন্দনপুর। এখানে প্রতি বছর চৈত্র মাসের অমাবস্যায় চৈত্রকালী পূজা হয়। কথিত আছে এই দেবী খুব জাগ্রত। কেউ যদি এই দেবীর কাছে কিছু মানত করেন, তাহলে তাঁর ইচ্ছা পূর্ণ হবেই। এই পূজা উপলক্ষে ওখানে বেশ বড় সড় একটা মেলাও বসে। কি না পাওয়া যায় ঐ মেলায়! ছোটদের জন্য নাগরদোলা, টয়ট্রেন এসব তো থাকেই, তাছাড়াও সেখানে পাওয়া যায় সংসারের প্রয়োজনীয় জিনিস থেকে শুরু করে ঘর সাজানোর জিনিষও। যেগুলো সহজে বাজারে সহজলভ্য নয়। মেলা চলে সাত দিন ধরে। আট থেকে আশি সব বয়সী মানুষেরই ভীড় হয় ঐ মেলায়। যার যেখানে যতো আত্মীয় স্বজন আছেন, তাঁরা তো আসেনই এমনকি অন্য জেলা থেকেও অনেক লোকজন এই পূজা ও মেলা উপলক্ষে আসেন। আমরাও যাই সময় পেলে। তবে এই গ্রামে যা লোকজন আসেন, স্থান সঙ্কুলান না হওয়ার জন্য অনেকেই প্রতিবেশি বা আত্মীয় স্বজনের বাড়িতে রাত কাটান। এর ফলে অনেক সময় বিচিত্র ও মজার গল্পেরও জন্ম নেয়।

আমার ঐ বিট্টু মামাও এই পূজা উপলক্ষে প্রতি বছরই এই গ্রামে ছুটে আসতেন। একবার পূজা শেষ হতে রাত প্রায় দুটো বেজে গিয়েছিল। আর মাত্র তিন সাড়ে তিন ঘন্টা কাটলেই ভোরের কাক 'কা কা' করে ডাকতে শুরু করবে। কিন্তু এই সাড়ে তিন ঘন্টা আমার ঐ বিট্টু মামার কাছে ঘুমানোর জন্য ছিল খুব মূল্যবান।

তাও যদি নিজের ঘরে ঘুমাতেন তো ঠিক ছিল। কিন্তু এ ঘুমোনোর ব্যবস্থা যে হয়েছে প্রতিবেশীদের ঘরে! আর সেখানে যদি একটু পান থেকে চুন খসে যায়, তাহলে নিন্দা-মন্দ আর মুচমুচে মুখরোচক গল্পের শেষ থাকে না। বিট্টু মামার বেলাতেও শেষ পর্যন্ত তাইই হলো।

রাত দুটোর পর বিট্টু মামা যে ঘরটিতে ঘুমাতে গেলেন, সেখানে আরও তিনজনের শোয়ার ব্যবস্থা করা হয়েছে। ঐ সময়ে সকলেই ছিলেন ক্লান্ত, পরিশ্রান্ত। আর বিট্টু মামা শোয়ার পরই ভুরর ভুসসসস, ভুরর ভুসসস করে অ্যায়সা সমুদ্র গর্জন, থুড়ি, নাসিকা গর্জন শুরু করলেন যে ঐ ঘরে যাঁরা একটু দু চোখের পাতা এক করতে এসেছিলেন, তাদের চোখের পাতা এক না হয়ে, হয়ে গেল গোল গোল ছানা বড়ার মতো। সবাই তাকিয়ে রইলেন তাঁর ঐ বিশাল স্ফীতকায় ভুঁড়িটির দিকে, সমুদ্র গর্জন হলে তার জলরাশি যেমন একবার ওঠে আর একবার নামে, এখানেও বিট্টুমামার বিশাল স্ফীতোদর একবার উঠছে আর একবার নামছে। আর এই নাসিকা গর্জনের আওয়াজ এতো বেশী ছিল, যে ঐ ঘরে তো বটেই, পাশের ঘর থেকেও কেউ কেউ দেখতে চলে এলেন শব্দের অনুসন্ধান করতে। তাঁদের চোখও চড়কগাছ।

এইসব যখন চলছে, পাশের রাস্তা থেকে "ডাকাত ডাকাত" আওয়াজ পাওয়া গেল। সময়টা ছিল বসন্তের শেষ লগ্ন। তখন কোথায় স্বস্তিদায়ক আবহাওয়া? বেশ গরম পড়ে গেছে তখন। তার উপর কারোর চোখেই ঘুম নেই। আর এই ডাকাত ডাকাত আওয়াজে কারোর যদি এতোটুকুও তন্দ্রাভাব এসে থাকে, সেটুকুও আর রইলো না। এমনকি আমার ঐ বিট্টু মামার চোখ থেকেও ঘুম উড়ে গেল। তড়াক করে ঘুম থেকে উঠে বসেই তিনি তিন জোড়া "ছানা বড়া" মার্কা চোখকে দেখতে পেলেন। প্রাথমিক অস্বস্তি কাটিয়ে লাফ দিয়ে উঠলেন। উনি আবার একটু বেশি উত্তেজিত হলে মুখ দিয়ে বাংলার পরিবর্তে হিন্দির তুফান ছোটে। বলেন, "ক্যা? ডাকু ঘুষা?

কাহা হ্যায়? আভি চালিয়ে সব। ম্যা ভি যা রহা হু। উসকো আচ্ছা সে মার ডালেংগে। অন্যদের কারো কারো হাতে লাঠি সোটা থাকলেও উনি ঘরের বাইরে বেরিয়ে, পাঁচিলের ধারে, আলো-আঁধারি অবস্থায় একটা কঞ্চির মতো লম্বা কিছু একটা দেখতে পান। ভালো করে না দেখেই সেটা হাতে নিয়েই দৌড় লাগান। বিট্টুমামার হাতে ধরা সেই জিনিসটা দেখে সবাই ব্যোমকে গেলেন। মজা দেখার জন্যই সম্ভবতঃ মুখে কেউ কিছু বললেন না। সবাই বিট্টুমামার কাণ্ড দেখবার জন্য ওনাকে অনুসরণ করতে লাগলেন। আসলে কঞ্চির মতো যে জিনিসটাকে উনি আঁকড়ে ধরেছিলেন, সেটি একটা

সাধারণ পাটকাঠি ছাড়া আর কিছুই নয়। এই পাটকাঠি দিয়েই উনি ডাকাতদের সঙ্গে "যুদ্ধ" করবেন।

শেষ পর্যন্ত হাতে পাটকাঠি ধরে সাহস করে পিছন দিক থেকে জাপটে ধরলেন একজন ডাকাতকে! ভাবা যায়? ডাকাত ধরেছেন আমাদের বিট্টুমামা! তাও অস্ত্র বলতে একটা পাটকাঠি বা প্যাকাঠি। দশাশই বিট্টুমামা ওকে জাপটে ধরা অবস্থাতেই প্রশ্ন করে চলেছেন, -এই ডাকাত, তোর নাম কী রে? কার বাড়ির মালিকের মাথায় ক্যাঁটাল (কাঁঠাল) ভাঙার উদ্দেশ্য ছিল?

তোর সাগরেদরা সব পালালো কোথায়? তারা কি আমার দোর্দণ্ড প্রতাপ দেখে ল্যাজ গুটিয়ে পালিয়েছে? বিট্টুমামা প্রশ্ন করেই চলেছেন, কিন্তু অপর দিক থেকে কোনো সাড়াশব্দ নেই।

ইতিমধ্যেই রাতের আকাশের কালো পর্দা সরে গিয়ে বেশ আলো ফুটে গেছে। পাখিরাও তাদের বাসা থেকে বেরিয়ে এসে গান গাইতে শুরু করেছে। এবার যাঁরা ওকে অনুসরণ করে আসছিলেন তাদের মধ্যে একজন বলে উঠলেন, "ইডা কেডা বটে? ই তো ডাকু নয় বলেই মনে হইতাছে! আরে! ই তো স্ট্যাচু বটে! ই কথাডা বলবে ক্যামনে গো?"

কিন্তু বিট্টুমামার চৈতন্য তখনো ফেরেনি। এখনো পাকড়ে আছেন সেই কালো রঙের মূর্তিটাকে। উপস্থিত সবাই মিলে যখন বললেন, তখন উনি ছেড়ে দিলেন। কিন্তু ছেড়ে দিলে কি হবে, কথায় উনি হারবেননা। উনি বললেন, "আমি স্বচক্ষে দেখেছিলাম, এই মূর্তিটির পিছনেই লুকিয়ে থাকতে। ধরেও প্রায় ফেলেছিলাম, কিন্তু আপনাদের চিৎকারের জন্যই ও আমার হাত ফসকে পালিয়ে গেল। দায়ী তো আপনারাই।

বিট্টুমামার কপাল মন্দ। গ্রামেতো তাঁকে নিয়ে ভীষণ হাসাহাসি হয়েছিলই, নিন্দে-মন্দও কম হয়নি। বাদ যায়নি বিট্টুমামার নিজের এলাকা বাহাদুরপুরও। তাঁর এই কাহিনীটি কে বা কারা তাঁর এলাকাতেও ছড়িয়ে দিয়েছিলেন। আর তার ফলে যা হওয়ার তাই হল। শোনা যায় তাঁকে যাঁরা আগে বিট্টু মামা বলে ডাকতেন, এই ঘটনা শোনার পর থেকে তাঁকে আড়ালে আবডালে "বীরপুঙ্গব মামা" বলেই ডাকেন। হাসাহাসি করেন তাঁকে নিয়ে। বিট্টুমামা অবশ্য থোড়াই কেয়ার করেন এসবে। ❑

নুডলস পানিসমেন্ট

চিরঞ্জীব, চিরশ্রী আর তাদের পাঁচ বছরের কন্যা তনুশ্রী কে নিয়ে ছোট্ট এক নিউক্লিয়ার ফ্যামিলি। আট বছর আগে তারা মেলা মেশা শুরু করে, তারপর মাত্র ছয় বছর আগে তারা ছাদনাতলায় মালা বদল করেছে। আপাততঃ কলকাতার এক ফ্ল্যাটে তাদের নিবাস। চাকরি করেন একটা প্রাইভেট ফার্মে। দু জনেই চাকুরিজীবী হওয়ার কারণে সময় দেবী তাদের একদম সময় দেন না। তাই তাদের একমাত্র সন্তান তনুশ্রীকে এক অবিবাহিতা পিসির কাছেই থাকতে হয়। বাচ্চাটির যাবতীয় দেখভালও তিনিই করেন। অফিসে যেতে হয় সকাল নটায় আর ফেরেন রাত প্রায় দশটায়। অফিস থেকে ফ্ল্যাটে ফিরে এসে দুজনেই খুব ক্লান্ত থাকে। সেজন্য নুডলস ছাড়া আর কিছুই বানাতে পারেনা চিরশ্রী। চিরঞ্জীব যদি ঘরের কাজে একটু সাহায্য করতো, তাহলেও হতো। কিন্তু ও কিছুই করেনা। রাতে তনুশ্রী ঘুমিয়ে যাওয়ার পর প্রায় দিনই এই নিয়ে চলতে থাকে তাদের বচসা।

এই রকমই একদিন:-

চিরঞ্জীব-দূর দূর জীবনটা একটা হ্যারিকেন হয়ে গেল। সেই প্রতিদিন একই খাবার। নুডলস নুডলস আর নুডলস। মনেহয় পৃথিবীতে নুডলস ছাড়া অন্য কিছু তৈরি হয়নি। জীবনটা যেন নুডলসময়। কাঁহাতক আর ভালো লাগে এইসব প্রতিদিন গিলতে! আচ্ছা চিরশ্রী, একটা সত্যি কথা বল তো? তোমার মা কি তোমাকে নুডলস ছাড়া আর অন্য কিছু রান্না করতে শেখাননি? তুমি কি ছোটবেলা থেকে প্রতিদিনই নুডলস খেয়ে বড় হয়েছো? সকালে বিছানা ছেড়ে ওঠার পর থেকে নুডলস দিয়ে দিন শুরু, আর রাতে শুতে যাওয়ার আগে নুডলস দিয়েই শেষ। পরের দিন সকালে উঠে আবার সেই একই রুটিন স্টার্ট।

চিরশ্রী:- এই যা বলছো আমাকে বলো। মা বাবাকে নিয়ে একটাও বাজে কথা বলবে না বলে রাখছি। আর তোমাকে তো বাইরে খেতে কেউ বারণ করছে না। যা খুশি খাওনা বাইরে, কিন্তু ঘরে নুডলস ছাড়া আর অন্য কিছু আশা কোরো না।

চিরঞ্জীব- যা বাব্বা, কী বিপদ, তোমার মাকে নিয়ে কী বলেছি আমি? শুধু তো বলেছি, তোমার মা কি তোমাকে নুডলস ছাড়া আর অন্য কিছু রান্না করতে শেখাননি? এতে খারাপ কথা কী আছে? আর তোমার বাবাকে নিয়ে কী বললাম সেটা আগে বলতো?

চিরশ্রী-বলোনি, তবে বলতে কতক্ষণ? তোমাকে কিছু বিশ্বাস নেই। সেজন্য আগে থেকেই সতর্ক করে রাখলাম। আর আমাকে প্রশ্ন করার আগে তুমি নিজেকেই প্রশ্ন করতো, তোমার বাবা মা তোমাকে কী শিখিয়েছেন? বুঝলে, তোমার বরাত অনেক ভালো যে আমার মতো ভালো মেয়ে তোমার গলায় মালা ঝুলিয়েছে। আর আমি যে তোমার মতো নিষ্কর্মার ঢেঁকী নয় সেটা জোর দিয়ে বলতে পারি। আর তুমি? হুঁ:, তোমার কথা আর বোলো না। যে এখনো নিজের বিছানার মশারি তুলতে পারেনা, এক গ্লাস জল নিজে নিয়ে খেতে পারে না, নিজের জামা কাপড় কাচতে পারেনা, এমন প্রাণীকে সংরক্ষণ করে চিড়িয়াখানায় রাখা উচিত। কুঁড়ের বাদশা একটা, সে আবার আমাকে নিয়ে কথা বলতে আসে।

এতো কিছু এক নিশ্বাসে বলার পর চিরশ্রী এবার থামলো। ওদিকে চিরঞ্জীব বলে উঠলো-

"ঠিক আছে বাবা, আমার ঘাট হয়েছে। কান ধরে ওঠবোস করতে হবে কি ম্যাডাম? এবার কি আমি জানতে পারি এই "নুডলস পানিশমেন্ট-এর হাত থেকে মুক্তি পাওয়ার সম্ভাবনা কি একেবারেই নেই?"

চিরশ্রী-নুডলস পানিসমেন্ট? (চিরশ্রীর মুখে একটু যেন হাসির ঝিলিক দেখা গেল) এটাকে যদি তোমার "পানিসমেন্ট" বলে মনে হয়, তোমাকে তো আগে থাকতেই বলা আছে সেরকম বুঝলে বাইরে কোনো হোটেলে খেয়ে নিতে।

চিরঞ্জীব-স্বার্থপরের মতো কাজ করতে বলছো আমাকে? তনুশ্রী বা তুমি কি তাহলে নুডলসই চালিয়ে যাবে?

চিরশ্রী-তনুশ্রীকে নিয়ে কোন সমস্যা নেই। ওকে সে নুডলস খেতে খুব ভালোবাসে।

চিরঞ্জীব-কিন্তু ওর তো এখন বেড়ে ওঠার বয়স। প্রয়োজন মত প্রোটিন, কার্বোহাইড্রেট, ফ্যাট, ভিটামিন, মিনারেলস এসব জিনিস শরীরে না গেলে তোমার ঐ শুধু "সাধের নুডলস" খেলে ওর শরীর পুষ্টি পাবে ও সুস্থ থাকবে বলে মনে করো? ...একটু ভেবে দেখো। আর আমরা নিজেরাই যদি ঘরের মধ্যেই কিছু সুষম খাবার রেঁধে নিতে পারি, তাহলে সেটা অর্থনৈতিকভাবে অনেক সাশ্রয় হয়।

চিরশ্রী-আবার "নিজেরাই" বলছো কেন? তুমি কি "কুটো ভেঙে দুটো" করো? একটুও হেল্প করো না। আর তোমার মতো কৃপণ মানুষের জন্য "নুডলস পানিসমেন্ট " ই ঠিক আছে। টাকাও জমাবে আর জিভের জুৎ-ও থাকবে, দুটো একসাথে চলেনা স্যার!

চিরঞ্জীব- আমার আসল কথার উত্তর বেশ সুন্দর করে পাশ কাটিয়ে গেলে তুমি, বাহ্। জবাব নেই তোমার।

চিরশ্রী- শুনেছি, সুষম আহারের কথা তো? জানি জানি। কিন্তু এই মুহূর্তে কিছু করার নেই। তুমি যদি আমাকে হেল্প করবে তো বল, তাহলে চিন্তা করবো।

চিরঞ্জীব- করতে পারি, যদি তুমি আমার অফিসের কাজগুলো করে দাও।

চিরশ্রী- ও আচ্ছা। তোমার কাজেরই গুরুত্ব। আর আমার কাজ সব অকাজ, কু কাজ, গুরুত্বহীন কাজ। (একটু চুপ করে থেকে) দেখো, এইভাবে বেশিদিন চলতে পারে না, চলা সম্ভব নয়। তাই বলছি হয় তোমাকে তোমার ভাষায় যেটা "নুডলস পানিসমেন্ট" সেটা অ্যাকসেপ্ট করতে হবে, যদি মন না চায়, তাহলে মাঝে মাঝে ইচ্ছা করলে বাইরেও খেয়ে নিতে পারো, আপত্তি নেই তাতে, নয়তো "বিচ্ছেদের রাস্তাতেই" আমাদের হাঁটতে হবে। কিছু করার নেই। আমার কোনওটাতেই প্রবলেম নেই। কি করবে ভেবে নিয়ে উত্তর দিও।

চিরঞ্জীব- হুম। তাহলে দ্বিতীয় পথটিই শ্রেয়। কারণ আমি প্রতিদিন বাইরে থেকে কিনে খেতে পারবো না। কিন্তু তনু (তনুশ্রী) কার কাছে থাকবে?

চিরশ্রী: ও যার কাছে থাকতে চায় তার কাছেই থাকবে!

চিরঞ্জীব: তবে তোমার বাবা মাকে আমাদের এই ডিসিশনের কথা এখনই জানাতে হবে না। খুব শকড হবেন।

পাঁচ বছরের ছোট্ট শিশু তনুশ্রী তখনো ঘুমিয়ে পড়েনি, ঘুমের ভান করে শুয়েছিল। না ঘুমিয়ে কথাটা শুনে ফেলেছিল।

পরের দিন রবিবার চিরঞ্জীব যখন একলা বারান্দায় বসেছিলেন, তনুশ্রী তাঁর কাছে এসে জানতে চেয়েছিল, "বাবা, 'বিচ্ছেদের রাস্তা' কাকে বলে গো? মা আর তুমি আমাকে না নিয়েই ঐ রাস্তায় হাঁটবে? খুব ভালো রাস্তা না কি গো? তাহলে আমাকেও নিয়ে চলো না! আজই চলো 'বিচ্ছেদের রাস্তা' থেকে বেড়িয়ে আসি। প্রতিদিন এক রাস্তায় বেড়াতে একদম ভালো লাগে না।

ছোট্ট শিশুর ঐ কথা শুনে ওর বাবা হাসবেন না কাঁদবেন বুঝে উঠতে পারলেন না। তাই চুপ করেই রইলেন। দীর্ঘনিশ্বাস ছেড়ে বললেন, যা, তোর মায়ের কাছে গিয়ে জিজ্ঞেস কর। ও তখন মায়ের কাছে গিয়ে একই কথা জানতে চাইল। মা তখন বললেন:

না রে সোনা, এ রাস্তা সে রাস্তা নয়। এবারে তোকে হয় বাবা নয়তো মা একজনকে বেছে নিতে হবে। তার কাছেই তোকে থাকতে হবে।

তনুশ্রী-তার মানে আর একজনকে কখনো দেখতে পাবো না?

চিরশ্রী- হয়তো পাবি, তবে প্রতিদিন নয়, মাঝে মাঝে।

তনুশ্রী-কেন, আমরা সবাই একসাথেই থাকি না? এরকম বলছো কেন?

চিরশ্রী-না রে। সেটা আর হবে না মনে হচ্ছে। তবে একজনের সাথে থাকলে অনেক জিনিস গিফ্ট পাবি, অনেক আদর পাবি।

তখন তনুশ্রীর চোখ ফেটে জল বেরিয়ে আসছে। মাকে জড়িয়ে ধরে বললো, "না মা দরকার নেই আমার গিফ্টে। আমরা সবাই একসাথে থাকি সেটাই ভালো। আমি তোমাদের মধ্যে কাউকে ছেড়েই থাকতে পারব না। আর ওরকম কথা একদম বলবে না।"

চিরশ্রী- আমি তো চাই একসাথে থাকতে, কিন্তু তোর বাবাই চায় না। বাবাকে জিজ্ঞেস করে দেখ, একসাথে থাকতে চায় কিনা।

তনুশ্রী আবার ছুটে গেল বারান্দায় বাবার কাছে।

"বাবা আমরা সবাই একসাথে থাকি তুমি চাও না?

চিরঞ্জীব-আমি তো চাই, কিন্তু তোর মাই চায় না।

তনুশ্রী মনে মনে ভাবল, তবে যে মা বললো, বাবাকে জিজ্ঞেস করে দেখ! বাবা চায় না! তার মানে তোমাদের মধ্যে কেউ একজন আমাকে মিছে কথা বলছো। অথচ তোমারাই বলো আমাকে, "সোনা, মিছে কথা বলতে নেই। ঠাকুর পাপ দেয়।" দাঁড়াও তোমাদের হচ্ছে, মজা দেখাচ্ছি।

এদিকে চিরঞ্জীব ও চিরশ্রীর অফিস কলিগরা যখন জানতে পারে যে কী কারণে ওরা শীঘ্রই বিবাহ বিচ্ছেদের রাস্তায় যেতে চলেছে, সবাই ওদের বোঝালো, এতো সামান্য কারণে কেউ বিবাহ বিচ্ছেদের রাস্তায় যায় না। বিবাহ হচ্ছে পারস্পরিক বোঝাপড়ার ব্যাপার। সেটা স্বামী স্ত্রী দুজনকেই বুঝতে হবে। ঘরে পাঁচ বছরের কন্যা আছে, বিচ্ছেদ হলে ওর মনের অবস্থা কতোটা খারাপ হবে সেটাও তো বোঝা উচিত!

কলিগদের এই সব কথা শুনে চিরঞ্জীব ও চিরশ্রী বুঝতে পারলো ডিসিশনটা ঠিক হয়নি। মনে মনে আফশোস হতে লাগল। কিন্তু মুশকিল হলো ইগো সমস্যা। দুজনের কেউই বিচ্ছেদ চায় না, কিন্তু বলতেও পারছে না।

দুদিন পরের ঘটনা-

সন্ধ্যাবেলায় কলিংবেলের আওয়াজে তনুশ্রীর পিসি গেট খুলে দেখলেন, এসে গেছেন ওর দাদু ও দিদিমা একেবারে বাজার হাতে। তখনো তনুশ্রীর বাবা ও মা ঢুকতে অনেক দেরী। ইতিমধ্যে অনেক গল্প হয়ে গেল দাদু দিদা ও নাতনির মধ্যে। দিদি অবশ্য এসেই কাজ করতে লেগে গেছেন। ওঁরা এসেছেন নবদ্বীপ থেকে।

রাত দশটার সময় চিরশ্রী ও চিরঞ্জীব ফিরে এসে অবাক। দুজনেই ওদের প্রণাম করলো।

চিরশ্রী-মা বাবা তোমরা কখন এলে?

এইতো বিকেল পাঁচটার সময়েই এসে গেছি।

চিরশ্রী-ইস, আগে জানলে খাবারের ব্যবস্থা করতে পারতাম। এখন কী করবো!

চিলশ্রীর মা-তোদের এত ব্যস্ত হতে হবে না। আমরা এখানে দেখলাম দোকান বাজার কিছুই প্রায় নেই। তোর বাবাকে বাজার দোকান পাঠিয়ে সব আনালাম। তারপর আমি ভাত, ডাল, আলুপোস্ত, বেগুনি, মাছের কালিয়া এইসব রেঁধে রেখেছি। তোরাই ওয়াশরুম থেকে ফ্রেশ হয়ে এসে গরম গরম খেয়ে নে। আমাদের জন্য ব্যস্ত হতে হবে না।

চিরশ্রী-অ্যাঁ সে কী? এতদূর থেকে এসে বিশ্রাম না নিয়ে বাজার করে এতো কিছু রান্না করলে? আমরা তো লজ্জা ধরে রাখার জায়গা পাচ্ছি না!

চিরশ্রীর বাবা- বাড়ীতে ধামা আছে তো?

বাড়িতে ধামা আছে কিনা প্রশ্ন করায় চিরশ্রী অবাক হয়ে গেল। অস্ফুট স্বরে বললো-

"ধা-ধা-মা? সেটা আবার কী কাজে লাগবে?"

চিরশ্রীর বাবা-আমি বলছিলাম, লজ্জাটাকে আপাততঃ ধামা চাপা দিয়ে রাখলে হয়না? আমরা চলে যাওয়ার পর না হয় বার করিস। হ্যাঁ রে। নাতনির মুখে শুনলাম তোরা নাকি সকাল, দুপুর, রাত্রি সব সময়ই নুডলস খেয়ে থাকিস! কথাটা কি সত্যি? সব সময়ই নুডলস খেলে শরীর তো খারাপ হবে। কাজ কর্ম করবি কিকরে? কিপ্পনী করে জমানো টাকাগুলো যদি সব রোগ ভোগেই লেগে যায়, তো লাভ কি অমন জমিয়ে? তোরা শিক্ষিত ছেলে-মেয়ে, এটাও তোদের ঝুড়ি কোদাল দিয়ে বোঝাতে হবে?

এরই মধ্যে আর একটা বোমা ফাটালো তনুশ্রী। "জানো দাদু? মা আর বাপি বলছিল বিচ্ছেদের রাস্তায় হাঁটবে। আলাদা আলাদা থাকবে। আমার কি ভালো লাগে বলতো? আমাকে বলে, 'সোনা, মিছে কথা বলতে নেই', এদিকে মা আর বাপির মধ্যে কেউ একজন আমাকে মিছে কথা বলছিল। তোমরা একটু বকে দাও তো?"

চিরশ্রীর মা-সে কী রে? তোদের নামে তো দেখছি মারাত্মক মারাত্মক অভিযোগ আসছে। কি ব্যাপার আমাকে খুলে বলতো তোরা? আমার কাছে একদম লুকাবি না।

চিরশ্রী-আসলে আমরা দুজনেই সকাল নটার আগেই অফিসের জন্য বেরিয়ে যাই। আবার ফিরতে ফিরতে ও রাত দশটা বাজে। দুজনেই আমরা খুব ক্লান্ত থাকি।

সেজন্য আমরা সবাই নুডলস খেয়েই শুয়ে পড়ি, কারণ ওটা বানাতে খুব কম সময় লাগে। মেহনত ও বেশি করতে হয়না। আর খেতেও ভালো। আর তোমার জামাইয়ের সেটা পছন্দ নয়। সে আপত্তি করে খেতে।

তা চিরঞ্জীব তো ঠিক রাস্তাতেই আছে। প্রতিদিন নুডলস খাওয়া কি ভালো, না স্বাস্থ্যকর!

চিরশ্রী-মা, আমরা দুজনেই খুব ক্লান্ত থাকি। আর একজন যদি এসেই কোনো কাজে সাহায্য না করে বিছানায় বডি ফেলে দেয়, তাহলে কি চলে? ও যদি আমাকে একটু হেল্প করতো তাহলেও বা হতো।

না না, একজন কাজ করবে আর একজন শুয়ে বসে আয়েস করবে তা তো হয়না! আমাদের দেখ! এই দুই বুড়ো বুড়ি প্রায় একশো কিলোমিটার দূর থেকে এসে দোকান বাজার করে এতো গুলো পদ যদি রান্না করতে পারি, বাজার করতে পারি, তোরা পারবি না কেন? তবে চিরঞ্জীব, তোমাকেও হাত লাগিয়ে সাহায্য করতে হবে। তাহলেই তো সংসার নামক গাড়ীর চাকাটা ঠিকঠাক ঘুরবে, আর চাকা ঘুরলে সংসার নামক গাড়ীটিও বনবন বনবন করে ছুটবে। আর দেখ, তোমাদের দেখেই তো তনুশ্রী শিক্ষা নেবে!

ঠিকই বলেছেন আপনি, কিন্তু আমি যে ঘরের কাজে একদম আনাড়ি।

কাজ করতে করতেই সব শিখে যাবে, চিন্তা নেই।

চিরশ্রী-সত্যিই আমরা এতোদিন অন্ধ ছিলাম।তোমরা এসেই আমাদের দুজনকেই আলোর দিশা দেখালে।

চিরশ্রীর বাবা-যাক, অনেক ফ্রিতে জ্ঞান দিলাম, এবার তোমরা সবাই বসে পড়ো। অনেক রাত হলো।

খেতে বসে চিরঞ্জীব একটা মন্তব্য না করে থাকতে পারলো না। বললো এখন মনে হচ্ছে জীবনটা শুধুমাত্র হ্যারিকেন নয়, টিউব লাইটও বটে। কি চমৎকার রান্না হয়েছে, মনে হচ্ছে যেন অমৃত।" ওর কথা শুনে সবাই হেসে উঠলো। শ্বশুর মশাই বললেন, "টিউব লাইট কি এমনি এমনি জ্বলে বাবাজীবন... তার জন্য আগাম ব্যবস্থা করতে হয়।" ওর শাশুড়ি বললেন, শুধু আজ কেন, এবার থেকে প্রতিজ্ঞা করো প্রতিদিনই টিউব লাইট জ্বলবে। নিজেদেরই ব্যবস্থা করতে হবে। আমরা বুড়ো বুড়ি প্রতিদিন তো টিউব লাইট জ্বালাতে পারবোনা, তোমাদেরই ব্যবস্থা করতে হবে। আর একটা কথা। এতো সামান্য কারণে কেউ বিচ্ছেদের রাস্তায় যায়? সবাই পাগল বলবে তোদের। আর হারিকেনও আজকের দিনে অচল। এটা মনে রাখবে। আমি কিন্তু আমার নাতনির কাছ থেকে প্রতিদিন খবর নেব। যদি দেখি একটু এদিক ওদিক, তাহলে কিন্তু তোদের বিরক্ত করতে আবার এই বুড়ো বুড়ি লাঠি ঠকঠক করতে করতে হাজির হবে।

চিরশ্রী-তোমরা এলে বলেই মনে হচ্ছে পুকুরের জলে নদীর ঢেউ খেলে গেল।

চিরশ্রীর বাবা-তনু দিদিভাই, তোমার আর চিন্তা নেই। মা বাবা এবার আর বিচ্ছেদের রাস্তায় হাঁটবে না। আর যদি দেখো অন্য রকমের গন্ধ পাস, সঙ্গে সঙ্গে জানাবি।

চিরঞ্জীব ও চিরশ্রী দুজনেই একসাথে গেয়ে উঠলো, "একই সাথে হাত রেখে একই পথে চলবো, নুডলসকে এবার বিদায় দিয়ে ভাত রুটিতেই মজবো।"

ওদের এই গান শুনে হেসে উঠলো সবাই। ❑

চঞ্চলের কেরামতি

চোদ্দ বছরের একটি ছেলে, নাম তার চঞ্চল, তার নামে আর আচরণে অনেক মিল। সে নলিনীকান্ত রায় উচ্চ বিদ্যাপীঠের নবম শ্রেণীর ছাত্র। ফুটবল অন্ত প্রাণ সে। পড়াশোনাতেও সে নেহাৎ মন্দ নয়। ভীষণ চালাক চতুর টাইপের ছেলে। কলকাতার ইডেন গার্ডেনে যখন বিভিন্ন ফুটবল লীগের খেলা চলে, সে খুব উৎসাহী হয়ে ওঠে সেগুলি দেখার জন্য। আর কখনো যদি মোহন বাগান - ইস্ট বেঙ্গল ম্যাচ হয়, তাহলে তো আর কথাই নেই। আনন্দে লাফাতে থাকে।

অপরদিকে চঞ্চলের বাবা সুনির্মলবাবু স্থানীয় একটি হাই স্কুলের বিজ্ঞান শিক্ষক। তিনি বিজ্ঞান শিক্ষক হলেও খেলাধূলা খুব ভালোবাসেন। নিজের ছেলে মেয়ে চঞ্চল ও সুদেষ্ণাকেও এই ব্যাপারে উৎসাহ প্রদান করেন। সেদিন তিনি স্কুল থেকে একটু আগেই ফিরেছেন, উদরকেও ঠাণ্ডা করেছেন। তাই তাঁর মেজাজও আপাততঃ ঠাণ্ডা।

একদিন ওর বাবা সুনির্মলবাবু স্কুল থেকে আসার পর চঞ্চল চুপিসারে এলো ওর বাবার কাছে। বাবা, এই সামনের বাইশ তারিখ, বুধবার ইডেনে মোহনবাগান ইস্টবেঙ্গল ম্যাচ আছে। তুমিতো ভালোই জানো যে এটা কতটা ইন্টারেস্টিং ম্যাচ! চলো না, আমরা তিনজনেই যাই। অন্ততঃ তুমি যদি না যাও তাহলে আমি আর বোনই যাই না? বাবা প্লীজ! কিছু বলো বাবা! চঞ্চল স্কুল থেকে এসে বাবাকে এইভাবেই সকাতরে অনুনয় বিনয় করে চললো।

ওর বাবাও ছেলের সকাতর আবেদনে সাড়া না দিয়ে পারলেন না। বললেন, "যা দেখে আয় খেলা, তবে আমার আর যাওয়া হবেনা রে! আচ্ছা! ঐ দিন তো স্কুলে ছুটি নেই! তার কী ব্যবস্থা হবে? ছুটির আবেদন লিখে দেবো?" চঞ্চল বললো, "না না, তার দরকার নেই। ঐ দিন ফিফথ পিরিয়ডে বাসুদেব স্যারের ইতিহাস ক্লাস আছে। তার আগে পর্যন্ত ক্লাস করবো। তবে বাসুদেববাবু একটু খেপচুরিয়াস টাইপের আছেন ঠিকই, একবার যদি খেপে যান, তাহলে আর রক্ষা থাকবেনা। একদম "দক্ষযজ্ঞ" অবস্থা হবে, কিন্তু এ সুযোগও তো বার বার আসবে না। ধূর! যা হয় হবে। আমি খেলা দেখতে যাবোই।"

সবই ঠিক, তবু যেন ঠিক নেই। কোথাও একটা অস্বস্তি মনকে গ্রাস করছে। আর এই অস্বস্তির মূলে আছেন বাসুদেব বাবু।

সকল বন্ধুরা ওকে "ম্যানেজ মাস্টার" বলে ডাকে, কিন্তু এক্ষেত্রে কি করে যে ম্যানেজ করে ! যাঁর ক্লাসে অনুপস্থিত থাকা মানেই শুধু বিপদ নয়, মহা বিপদে পড়া। বুকের অনেক পাটা না থাকলে তাঁর ক্লাসকে ফাঁকি দেওয়া অসম্ভব। তিনি যদি জানতে পারেন যে কোনো ছাত্র তাঁর ক্লাস ফাঁকি দিয়ে খেলা দেখতে গেছে, তাহলে আর রক্ষা থাকবে না। উঁহু, শুধুমাত্র অসময়ে ভাদ্র মাসের পাকা তালই পড়বে না পিঠে, তার সঙ্গে আছে তাঁর ক্লাসে না আসার নিদান। তাকে কখনোই আর ক্লাসে ঢুকতে দেবেন না। তবে ইদানিং দুদিন ধরে দেখা যাচ্ছে চঞ্চলের সাহস বেশ খানিকটা বেড়েছে। খেলা দেখতে যাওয়ার কথা সে বেশ জোরের সাথেই বলছে। ব্যাপারটা কি?

চঞ্চল তার এই কলকাতার ইডেনে খেলা দেখতে যাওয়ার ব্যাপারটা কয়েকজন প্রাণের বন্ধু, যেমন পার্থ, কৌশিক, মৃণ্ময় এদেরকে যেমন বলেছে, তেমনই একজন স্যার, যাঁর নাম আশীষবাবু, তাঁকেও বলেছে।

চঞ্চল জানে, এখান থেকে খবরটা লিক হওয়ার সম্ভাবনা নেই। আশিসবাবু গেম টিচার। এবং চঞ্চলকে নিজের ছেলের মতোই ভালোবাসেন। তাই সেখান থেকে কোনো মতেই সত্যি কথাটা আউট হবে না, কিন্তু বাসুদেববাবুসহ অন্য শিক্ষকরা ব্যাপারটা জানেন না। ও যে কজন প্রাণের বন্ধুকে বলেছে তারা পর্যন্ত ওর জন্য ভয়ে সিঁটিয়ে আছে। কী যে হবে কেউই জানেনা। ও কিন্তু ও বন্ধুদের বুক ফুলিয়ে বরাভয় দিয়ে বলেছে, "আরে তোরা আমার বন্ধু হয়ে এতো ভীতু কেন? কোনো চিন্তা করিস না। ঠিক সামলে নেবো আমি। তোরা শুধু আমাকে সমর্থন করিস তাহলেই হবে। ব্যাপারটা আমি ম্যানেজ করে নেবো, শুধু দেখে যা।

দেখতে দেখতে ফুটবল ম্যাচের দিন এসেই গেল। প্ল্যান মতো টিফিনের আগে সে চারটে পিরিয়ড ক্লাস করে দুপুর দুটো দশের ডাউন লোকাল ট্রেন ধরে চলে গেল কলকাতার ইডেন গার্ডেনে। ভাবছেন তো, চঞ্চলের মা বাবাই বা কেমন! একটা চোদ্দ বছরের ছেলেকে কলকাতার মতো শহরে একা একা ছেড়ে দিলেন! তাঁদের তাহলে বলি, চঞ্চল অনেক ছোটবেলা থেকেই এসব ব্যাপারে চৌখস। অনেক ছোটবেলা থেকেই সে

অনেকবার ওর বাবার সঙ্গে কলকাতা যাতায়াত করেছে, তাই এই ব্যাপারটা ওর কাছে কিছুই নয়।

গেটে টিকেট দেখিয়ে গ্যালারিতে বসে সে খেলা দেখতে বসে গেল। একটা ভালো জায়গায় বসলো সে। খুব উপভোগ করছিলো সে খেলা। নিজের সমর্থনের দল যখন গোল পোস্টের কাছে যায় তখন সে উদ্বাহু হয়ে নাচতে লাগল। ওখানেও সে দুজনকে বন্ধু পাতিয়ে ফেলল। ওরা হাওড়ায় থাকে। খেলা বেশ উপভোগ্য হলেও ফলাফল হল সমান সমান। অর্থাৎ ২-২। খেলা দেখে এবার বাড়ি ফেরার পালা। চঞ্চল ক্লাস কেটে খেলা দেখতে এসেছে শুনে এক নতুন বন্ধু সৌম্য হেসে বললো, "কাল তাহলে স্কুলে ' গরম গরম পাটিসাপটা' খাওয়া আছে, তাইতো? গুড লাক।"

চঞ্চল কথাটার মানে বুঝতে না পেরে বললো, পাটিসাপটা খাওয়া মানে? সেটা তো খায় পৌষ সংক্রান্তির সময় পিঠেপুলি পরবে!

সে পাটিসাপটা এ পাটিসাপটা এক নয় ইয়ার দোস্ত! এটার মানে হলো স্যারের হাতে টক ঝাল নুন পিটুনি। আমরা ওটাকে বলি "পাটিসাপটা খাওয়া।"

চঞ্চল কথাটা শুনে একটু হাসলো, কিছুই বললো না।

এদিকে ঐ দিন বাসুদেব স্যার ক্লাসে এসে তাঁর রসগোল্লার মতো দুটো গোল গোল চোখ ঘুরিয়ে এক নজরে দেখে নিলেন কে কে উপস্থিত, আর কে কে অনুপস্থিত। একবার মাত্র বললেন, "চঞ্চলকে আজ আমি স্কুলে দেখেছি, কিন্তু এখন ওকে দেখছি না কেন? নিশ্চয়ই ও ইডেনে খেলা দেখতে গেছে। এই ছেলেরা, চঞ্চল চামচিকেটাকে দেখতে পাচ্ছি না! তোদের কিছু বলে গেছে?" সবাই ভালো মানুষের মতো উত্তর দিল, "না স্যার। কিছু তো বলেনি!"

হুম। আসুক কাল স্কুলে, জন্মের মতো 'খেলা' আমি ওকে দেখিয়েই ছাড়ব। ক্লাস ফাঁকি দিয়ে খেলা দেখতে যাওয়া! এতো বড় দুঃসাহস! আমার ক্লাসকে ফাঁকি দেওয়া! কাল আমি ওকে "হাপু খেলা" করিয়ে ছাড়বো।

ক্লাসের ফার্স্ট বয় জয়দীপের সরল মনে প্রশ্ন ছিল-

স্যার হাপু খেলা কি রকমের খেলা বলবেন? আগে তো এরকম খেলার নাম শুনিনি।

এখন শুনলি তো? কাল নিজের চোখে দেখবি। এই খেলায় হার জিৎ নেই। যে এই খেলাটা খেলে সে নিজেই নিজের লাঠি দিয়ে নিজের পিঠে মারে। আর মুখে 'হাপু হাপু' বলে। আর কালকের 'হাপু' খেলাটা একটু অন্যরকম হবে। সেখানে ওর কাজ একটু কমে যাবে, কারণ পিঠে মারার কাজটা আমিই করে দেবো। এটাই হবে তফাৎ।

"ও হাপু হাপু বলবে স্যার?" একজন ছেলে হাসতে হাসতে প্রশ্ন করলো।

স্যার বললেন," বলবেনা মানে, বলতেই হবে!" অন্য ছেলেরা, যারা ওকে ভালোবাসতো, তারা চুপ করেই ছিল।

অন্য ছেলেরা সবাই শুনলো, কিন্তু কেউ কিছু বললো না। বুঝলো সবাই, স্যার 'রেগে আগুন তেলে বেগুন' হয়ে আছেন। এখন স্যারের পড়া ঠিক মতো না বলতে পারলে তাদেরই স্যার "হাপু খেলা" করিয়ে ছাড়বেন।

চঞ্চল সন্ধ্যা সাতটার মধ্যেই বাড়ি চলে এল। এসেই সে তার প্রাণের বন্ধুদের কাছ থেকে ক্লাসের "আবহাওয়া" জেনে নিল। বুঝলো হাওয়া বেশ গরম। পরের দিন সকালে চঞ্চল তার বাবার কাছ থেকে টাকা নিয়ে চলে গেল মিষ্টির দোকানে। সেখান থেকে এক হাঁড়ি লর্ড চমচম মিষ্টি কিনে স্যারের বাড়ি রওনা দিল ও। চঞ্চল জানে স্যারের ঐ মিষ্টি ভীষণ প্রিয়।

স্যার ওকে দেখে খুব রেগে উঠে বলতে যাচ্ছিলেন, "হতচ্ছাড়া পাজি, ছুঁচো, মর্কট! হঠাৎ মনে পড়ে গেল গতকাল বাড়িতে উনি কম্পিউটারে লিখতে লিখতে একটা সমস্যা হচ্ছিল। তাই উনি চঞ্চলকে সমস্যাটা ঠিক করে দিতে বললেন। উনি জানতেন চঞ্চলের কাছে এ সমস্যা কোনো সমস্যাই নয়। চঞ্চল প্রায় সঙ্গে সঙ্গেই সমস্যা ঠিক করে দিল। তার ফলে ওনার মেজাজ অনেকটা নরম হয়ে গেল। উপরন্তু ওর হাতে মিষ্টির হাঁড়ি দেখে মেজাজ হয়েছে ফুরুৎ। উনি বললেন, "কাল ইডেনে ফুটবল খেলা দেখতে গিয়েছিলি?" চঞ্চল স্যারের মনটা পুরোপুরি পড়তে পারলো না, তাই সে মিষ্টির হাঁড়িটা স্যারের হাতে ধরিয়ে, পায়ে হাত দিয়ে প্রণাম করে, ডুকরে উঠে কাঁদো কাঁদো গলায় বললো, "না স্যার, কাল খেলা দেখতে যাইনি স্যার।"

স্যার কাল সকাল থেকে আমার মা একটু যেন অসুস্থই ছিল। তা সত্ত্বেও আমি স্কুলে এসেছিলাম। চারটে ক্লাসও করেছি। তারপর টিফিনের

সময় দেখা হল আমাদের পাড়ার গৌরাঙ্গদার সঙ্গে। উনি আমাদের বাড়ির পাশেই থাকেন। উনিই বললেন ডাক্তার বাবু বলেছেন আমার মাকে এখুনি হাসপাতালে ভর্তি করতে। তাই স্যার মাকে ভর্তি করানোর জন্য টিফিন টাইমে চলে গেছিলাম।

ও এই ব্যাপার? তা ওরকম করে চোরের মত চুপি চুপি চলে গেলি কেন? আমাকে বলে যেতেই তো পারতিস।

স্যার, বলে যাবই ভেবেছিলাম। কিন্তু পরে ভাবলাম আপনি যদি রাজি না হন ছাড়তে, সেজন্য না বলেই চলে গেছিলাম স্যার। (ডুকরে কাঁদো কাঁদো হয়ে) স্যার, অপরাধ হয়ে গেছে আমার।

না রে, আমি এতটাই অমানবিক নয় যে, তোর মাকে হাসপাতালে ভর্তি করতে হবে আর আমি তোকে যেতে দেবো না। আমি ঠিকই তোকে ছেড়ে দিতাম। তা তোর মা অসুস্থ এখন কেউ মিষ্টি নিয়ে আসে?

মা আগের থেকে একটু ভালো আছেন স্যার। মা ই বললেন আপনার হাতে মিষ্টি তুলে দিতে। (আবার একটু কাঁদো কাঁদো স্বরে) আপনি যদি না নেন, আমার মা খুব কষ্ট পাবে স্যার। হয়তো সেই দুঃখে আবার শরীর খারাপ হয়ে যাবে স্যার।

ঠিক আছে, ঠিক আছে। তোর মা যখন বলেছেন নিতে তাহলে নিয়ে নেওয়াটাই উচিত হবে। আয়, তুইও একটু মিষ্টি মুখ করে বাড়ি যা।

চঞ্চল স্যারের বাড়ি থেকে মিষ্টিমুখ করে এসে হাসতে হাসতে একটু পরে স্কুলে গেল।

চঞ্চলের এই হাসি মুখে স্কুলে আসা দেখে ক্লাসের সকল ছাত্র অবাক। ওর বন্ধু কৌশিক বললো, তোর ভয় করছে না বাসুদেব স্যারের ক্লাসের জন্য। চঞ্চল বুক ঠুকে বললো, "তোকে তো আগেই বলে দিয়েছি, এবং জানিসও ভালো করে, জন্ডিস কেস ম্যানেজ করতে এ শর্মার জুড়ি নেই। এই স্যারের কেসটাও সাফল্যের সঙ্গে ম্যানেজ করে ফেলেছি। ক্লাসের ছেলেরা তখন অবাক। তারা তো জানেনা, এই "ম্যানেজ" করার পিছনে কি গল্প লুকিয়ে আছে! ওরা শুধুই ভাবছে কিকরে বাসুদেব স্যারের মতো একজন রাগী স্যারকে চঞ্চল ম্যানেজ করলো সেই কথা। তবে এরপর থেকে বাসুদেব স্যার তাঁর ক্লাসে উপস্থিত থাকা নিয়ে জোরাজুরি করতেন না। ❑

বাসা বিভ্রাট

সায়ন্তনবাবু একদিন ডিউটি থেকে ফিরে এসে দেখলেন যে তার নতুন বিয়ে করা স্ত্রী সান্ত্বনা খাটের উপর একরাশ আতঙ্ক নিয়ে কাঠের মত দাঁড়িয়ে আছে। সায়ন্তনবাবুকে দেখেই একরাশ ক্ষোভ উগরে দিল। এ যেন সুপ্ত আগ্নেয়গিরির হঠাৎ করে জেগে ওঠা।

উফ আর পারছিনা সারাক্ষণ এই ইঁদুরের লাফালাফি আর দাপাদাপি দেখতে। দেখতে দেখতে আমি সত্যিই ক্লান্ত। তুমি বিয়ের পর আমাকে এমন একটা "চিড়িয়াখানা মার্কা" আবাসনে নিয়ে এলে, যেখানে রাতদিন ইঁদুরের লাফালাফি, আরশোলার নাচানাচি, ব্যাঙের ঘ্যাঙর ঘ্যাং দেখে ও শুনে যেতে হয়। পুইঁ পুইঁ করে ইঁদুরের বাচ্চাগুলো একবার দেওয়ালে থাকা গর্তগুলোয় সেঁধুচ্ছে আবার বেরোচ্ছে। আর আমার হৃদকম্প হচ্ছে। এই বুঝি আমার গায়ে উঠে গেল। আমার মনেহয় তুমি ইচ্ছে করেই এরকম একটা নরক আবাসনে আমাকে নিয়ে এসেছো শুধুমাত্র জব্দ করার জন্যে।

হতাশ হয়ে বললো সায়ন্তনবাবুর স্ত্রী সান্ত্বনা। এই মাত্র চার মাস আগে সায়ন্তন-সান্ত্বনা বিবাহ বন্ধনে আবদ্ধ হন। সায়ন্তনবাবু কোম্পানি থেকে এমন একটা আবাসন পেয়েছে যে এটাই এখানকার বৈশিষ্ট্য।সায়ন্তনবাবু সান্ত্বনাকে আশ্বাস দিয়ে বলে, "আহা, তোমাকে জব্দ আমি করতে যাবই বা কেন? তুমি শুধু শুধুই ধৈর্য হারাচ্ছ। বোঝার চেষ্টা কর, এটা তো আমাদের নিজেদের বাড়ি নয়, কোম্পানির দেওয়া বাসস্থান। আর এখানে চিরটা কাল থাকবোও না। এত উতলা হয়তো না। এটা আমার রিকোয়েস্ট। তুমি নিশ্চিন্ত থাক আমি দু মাসের মধ্যে এই আবাসন ছেড়ে অন্য আবাসনে যাবো।

সায়ন্তনবাবু কথা দেওয়ার পর সান্ত্বনা একটু শান্ত হল।

বললো, " এখনো দু মাস? সেতো এখনো অনেক দেরী গো! তবে যখন আবাসন পছন্দ করতে যাবে তখন আমাকেও সঙ্গে নিয়ে যেও।

ঠিক আছে ম্যাডাম তথাস্তু।

এর কিছুদিন পর থেকেই আবার আবাসন খোঁজা খুঁজি শুরু হল। অবশেষে একটা আবাসন দেখতে যাওয়া হলো।

এই আবাসনটা আগের আবাসন থেকে খুব বেশি দূরে নয়। জায়গাটার অবস্থানটাও বেশ ভালো। সামনেই স্টেশন, বাসস্ট্যান্ড, একটু দূরেই রয়েছে দোকান, বাজার, স্কুল, ব্যাঙ্ক ইত্যাদি। সান্ত্বনাদেবী সায়ন্তন বাবুকে বললেন, "উঁহুঃ, এতো তাড়াতাড়ি নয়, আমাকে একবার ভালো করে দেখতে দাও।" তিনি ঘুরে ঘুরে দেখলেন আগেরটির মতো দেওয়ালের গায়ে ফুটো দিয়ে ইঁদুর ছানা উঁকি ঝুঁকি মারছে কিনা, আরশোলারা নিশ্চিন্ত মনে সারা ঘর চষে বেড়াচ্ছে কিনা এইসব ভালো করে দেখাশোনা হওয়ার পর এটাই ফাইনাল হলো।

এবারের আবাসন বেশ ভালো। সান্ত্বনাদেবীর মনে খুশি খুশি ভাব। কিন্তু কিছুদিন যাওয়ার পর এখানেও শুরু হল অন্য অশান্তি। ভাগ্য বিড়ম্বনা আর কাকে বলে এঁদের দেখলে খানিক আন্দাজ পাওয়া যায়। এখানেও ভাগ্যদেবী অসহযোগিতা করলেন। তবে এবার পাশের বাড়ির প্রতিবেশীর এক কিশোরী কন্যা আছে, যে প্রায়শই পেয়ারা গাছের ডালে হনুমানের মতো সারাক্ষণ বসে থাকে আর ঝুলতে থাকে। সায়ন্তনদের প্রাইভেসি নষ্টের পথে। এ যেন সর্বক্ষণের লেজকাটা হনুমান। ওদিকে টয়লেট-কাম-বাথরুমটাও পেয়ারা গাছ সংলগ্ন। কি মুশকিল। বললেও কথা শুনতে চায় না, খি খি করে হাসতেই থাকে। এ তো এক রকম। একদিন আবার ওর মা এসে আবদার জুড়লো, "তোমাদের গ্যাস সিলিন্ডারটা একটু দাওনা। আমাদের সিঙ্গল সিলিন্ডার। দেখো না, আমাদেরটা হঠাৎ করে শেষ হয়ে গেল কি যে সমস্যার মধ্যে পড়েছি! টাকা দিয়ে দেবো আমরা।" সান্ত্বনা মনে মনে গজ গজ করতে লাগলো, কিন্তু ভদ্রতার খাতিরে কিছু বলতেও পারেনা। মনে মনে বললো, "হ্যাঁ তোমাদের প্রজাতো আমরা! সব সময়ে হ্যাঁ হুজুর, জি হুজুর করলেই ভালো, শুধুমাত্র বিপদে পড়লেই আমাদের মনে পড়ে।"

রিজার্ভে থাকা ভর্তি লাল টুকটুকে সিলিন্ডারটা ছোঁ মেরে তুলে নিয়ে গিয়ে ফেরৎ দিল পেটের অর্ধেক গ্যাস খালি করে। টাকা দেওয়া তো অনেক দূরের কথা, একটা কৃতজ্ঞতাও জানালোনা এর জন্য। কি রকম

প্রতিবেশী। এইরকম উৎপাত একটা না একটা চলতেই থাকলো। কখনো এটা দাও কখনো ওটা দাও। লেগেই আছে কিছু না কিছু একটা।

কিছু দিন কাটতে না কাটতেই সান্ত্বনাদেবী আর সায়ন্তনবাবু দুজনেই হতাশ হয়ে গেল।

এরই মধ্যে একদিন সায়ন্তনের মোবাইলটা বেজে উঠল।

হ্যালো অভ্রদীপদা কি খবর বলো? কোনো ভালো খবর দিতে পারো?

অভ্র-হ্যাঁ, অবশ্যই দেবো। তার আগে বল কি খাওয়াবি?

সা- খাওয়াবো তো নিশ্চয়ই, তার আগে খবরটাতো বলবে!

অ-গুড নিউজ। তুই প্রমোশন পেয়ে হেড কোয়ার্টারে চলে যাচ্ছিস। আমি আজই খবরটা পেলাম।

খবর পাক্কা তো?

একদম। কোনো ভেজাল মেশানো নেই। তালিকা আমি নিজের চোখে দেখেছি। এবার বল, কি খাওয়াবি?

তোমাকে আমি এখানকার সবথেকে নামকরা রেস্টুরেন্ট 'গ্রান্ড-এ নিয়ে যাব, সন্তুষ্ট?

নিশ্চয়ই।

সায়ন্তন খবরটা পেয়ে খুব আনন্দিত হলো সান্ত্বনাকে বললো, " সান্ত্বনা, মার দিয়া কেল্লা এবারে! আর চিন্তা নেই। এবার আর ছোট নয়, পেয়ে যাবো আরো বড় এবং ভালো আবাসন। সান্ত্বনা বললো, "ছাড়ো তো তোমার আপদের আবাসন! আবাসনে থেকে আর কাজ নেই। অনেক দেখলাম, এবার একটা ভাড়া বাড়ি অথবা ফ্ল্যাট দেখ।"

কিন্তু ধীরে সুস্থ নয়, অফিসিয়াল রুল অনুযায়ী তড়িঘড়ি করেই আগের আবাসন ছেড়ে দিতে হল। চলে যেতে হল একটা ভাড়া ঘরে ওদের দুজনকেই। শুরু হল ভাড়াবাড়ির কাহিনী। কিন্তু কথায় বলে না, "অভাগা যে দিকে যায় কপাল শুকিয়ে যায়।" এবারেও তাই হল।

দু কামরাওয়ালা ঘর পাওয়া তো গেলই না। একটা লম্বা ঘরকেই বিভাজন করে দুটো ভাগে বিভক্ত করা হল। উঁহু, ভাবছেন সমস্যা মিটলো? আরে ভাই এতে করে কি কখনো সমস্যা মেটে? এই ভাড়া বাড়িতে থাকতে গিয়ে আরো বেশ কয়েকটি সমস্যার মুখে পড়তে হয়েছিল সায়ন্তনবাবু ও সান্ত্বনাদেবীকে। প্রথমত: জলের সমস্যা। বাড়িওয়ালা তাঁর মর্জি মাফিক দোতলা থেকে পাম্প চালিয়ে জল সাপ্লাই দেন, সান্ত্বনা ও তার সঙ্গে যাঁরা থাকেন ওখানে, তাঁদের গ্রীষ্মকালে চাতক পাখির মত চেয়ে থাকতে হয় "আকাশ পানে।" ওয়াশ রুম সমস্যা: ওই বিশেষ ঘরেতো আট থেকে আশি সকলকেই যেতে হয়, না গিয়ে উপায়ও নেই। আর ওখানে যেতে হলে দিনের বেলায় সুগন্ধি দ্রব্য, আর রাতের বেলায় সুগন্ধি দ্রব্যের সঙ্গে একটা জ্বলন্ত মোমবাতিও বগলে করে নিয়ে যাওয়া আবশ্যক। তা নাহলে ... না, থাক আর বললাম না। আপনারা বুদ্ধিমান। যেটা অনুমান করেছেন, সেটাই ঠিক। আর তিন নম্বরঃ প্রতিবেশী সমস্যা: হ্যাঁ এখানেও। মাঝে মাঝেই টাকা অথবা রান্না বান্নার জিনিস ধার না চাইলে এঁদের চলেনা। আর সান্ত্বনা এ জিনিসটা একদম ভালো চোখে দেখেন না। কারণ ও ছোটবেলা থেকে ধার নেওয়া বা ধার করার বিপক্ষে। কারণ এতে শান্তি বিঘ্নিত হয়।

সান্ত্বনাদেবীর পিত্রালয়ের বাড়ি ভালো হওয়ার কারণে এতসব ব্যাপার স্যাপার দেখতে ও শুনতে হয়নি। এখানে এসে তাঁদের বিচিত্র অভিজ্ঞতা হচ্ছে। এরই মধ্যে একদিন সান্ত্বনা দেবীর এক ভাই রাজা এসে উপস্থিত।

সে এসে বললো, " আরে দিদি, তুই যে এতো ভালো জায়গায় আছিস বলিসনিতো আগে! অনেক ভাগ্য করলে এরকম ভাড়া বাড়ি পাওয়া যায় রে!

সান্ত্বনা আর কি বলবে! ভালোই বুঝতে পারে ও খোঁচা দিল। ও বললো, " দেখছিস তো, দেখে রাখ। জীবনে কোনো অভিজ্ঞতাই বিফলে যায় না।"

সান্ত্বনাদেবী আর সহ্য করতে না পেরে একদিন বিছানায় শুয়ে বালিশে মুখ রেখে কাঁদতে শুরু করলেন। সেদিনও সায়ন্তনের ডিউটি ছিলনা।

শুধুমাত্র সায়ন্তন একটু বাইরে গেছিল। এসে বললেন, কি হল সন্তু, কাঁদছ কেন?

এই শুনে তেলে বেগুনে জ্বলে উঠলে সান্ত্বনা।

সান্ত্বনা:- থাক, আর ন্যাকামি করে সন্তু সন্তু বলে ডাকতে হবেনা। অনেক হয়েছে। এবার আমি বাবা মায়ের কাছে গিয়ে থাকবো। যতদিন না ভালো একটা বাসা পাও।

সায়ন্তন:-আমাকে দোষ দিচ্ছ দাও, এর আগে যে আবাসনে ছিলাম সেটাতে কিন্তু তোমারও পছন্দ ছিল। আসলে বুঝতে পারছ তো, সবই লাকের ব্যাপার।

এইসব আলোচনা যখন চলছে, তখন হঠাৎ করেই নীচের তলা থেকে "বৌদি আছেন" বলে কে যেন জোরে ডেকে উঠলো।

এই দেখো তো, আমাদের দুধওয়ালা রঘুদার গলা বলে মনে হচ্ছে। ওর তো সকালে দুধ দেওয়া হয়ে গেছে, তাহলে এখন কিসের জন্য ডাকছে?

সা -জানিনা, দেখি।...কি ব্যাপার রঘুদা? এখন কি মনে করে?

ম্যাডাম এক সের ছানা নেবেন?

এই সাধারণ কথাটা শুনে ও আঁতকে উঠলো।

অ্যাঁ, সে কী বলছেন? না না পারব না। এই বলে দরজা বন্ধ করে ছুটে চলে গেল।

রঘু ওদের দুধওয়ালা। এই কিছু দিন ধরে আসছে। ও আবার ছানাও বিক্রি করে। মনটা খুব ভালো। পরের উপকার করতে ভালোবাসে। এই তো কিছুদিন আগেই একজনকে চিকিৎসারর জন্য ভালো মত টাকা দিয়ে আর্থিক সাহায্য করেছে। আজকের দিনে কজন করে! সবসময়ই হাসিখুশি থাকে। আজ ছানাটা বিক্রির পর কিছুটা রয়ে গেছে। তাই জানতে এসেছিল নেবে কিনা। কিন্তু ম্যাডাম এমন ভয় পেলেন কেন সে কিছুতেই বুঝতে পারছে না। যাইহোক সে আশাহত হয়ে চলে গেল।

কি ব্যাপার? তুমি এমন হাঁফাচ্ছ কেন? রঘুদা কি এমন বললো?

জানো, ও আমাকে বললো, "এক সেকেন্ড থানায় যাবেন?" আমি শুধুশুধু থানায় যাব কেন বলতে পারো? আমি কী অন্যায় করেছি যে থানায় যাবো? কিছু বলা হয়না বলে যা খুশি তাই বলতে শুরু করেছে।

থানায় তো অন্যায় করলেই যায় না, অন্য কারণও থাকতে পারে। কিন্তু তুমি কি ঠিক শুনেছ? আমার মনে হচ্ছে ভুল শুনেছ।

না, আমি ঠিকই শুনেছি, কোন ভুল নেই।

উঁহু। মনে হচ্ছে ঠিক শোনোনি। দেখি ওকে ফোন করে, কি ব্যাপার।

আমি কিন্তু বলে রাখছি কোনো মতেই থানায় যেতে পারব না।

আচ্ছা বাবা যেতে হবে না। দেখি রঘুকে ফোন করে।

সায়ন্তন ফোনটা নিয়ে রঘুদাকে ফোন করলো।

হ্যালো, রঘু বলছো?

হ্যাঁ, দাদাবাবু।

তুমি বৌদিকে থানায় যেতে বলেছ?

কি বললেন দাদা? আ-মি বৌ-দি-কে থানায় যেতে বলবো, কি যে বলেন! বৌদি কি আপনাকে তাই বলেছেন?

আমি বলেছিলাম বৌদি, এক সের ছানা বেঁচে গেছে, নেবেন ওটা?

এবার সায়ন্তনও খুব হাসতে লাগল।

দাদাবাবু আপনাকে একটা কথা বলছি যদি কিছু মনে না করেন। আপনারা ওখানে অনেক কষ্টে আছেন দেখে আমার মনটা বড় খারাপ লাগে।

মন খারাপ লাগে? তা তুমি এখান থেকে উদ্ধার করতে পারবে আমাদের?

আমি কি করে উদ্ধার করবো বলুন, তবে আপনাদের ভাল ফ্ল্যাটের সন্ধান দিতে পারি। আমার জ্যেঠামশাই প্রোমোটারের কারবার করেন। নতুন ফ্ল্যাট বিক্রিও করেন, আবার ভাড়াও দেন। যার যেমন প্রয়োজন। আমাদের ঘরের থেকে কিছুটা দূরে ফ্ল্যাট ভাড়া আছে। ইচ্ছা থাকলে কিনতেও

পারেন। আবার উনি বাড়ি বানিয়েও বিক্রি করেন। খুব ভালো জায়গাটা। দাম ও খুব বেশি নয়। আপনারা ওখানে চেষ্টা করতে পারেন।

ও তাইবুঝি। ঠিক আছে। দেখে আসব একদিন। খবরটা দিয়ে খুব উপকার করলে রঘু ভাই।

সান্ত্বনা-কি বললো গো? থানায় যেতে বললো কেন?

সায়ন্তন- (হাসতে হাসতে) তোমার মুখে শুনেই বুঝেছিলাম তুমি ভুল শুনেছিলে। তোমাকে ও থানায় যেতে বলেনি বুঝলে, ও বলছিল কিছুটা ছানা বিক্রী হয়নি, সেটা যদি আমরা কিনে নিই তাহলে ওর উপকার হয়। তবে ও দুধ ওয়ালা হলেও একটা কাজের কাজ করেছে। সন্ধান দিল ভাল একটা আবাসনের।

দূর! ও দুধ ছানা বিক্রি করে, কতো ভালো আর সন্ধান দেবে! দেখোগে যাও কাছাকাছি নিশ্চয়ই কোনো খাটাল-মাটাল আছে।

আরে বাবা, ওর এক রিলেটিভ প্রোমোটারের কারবার করেন। তিনি কি আর খারাপ পরিবেশে এসব বানাবেন? আগে দেখেই আসি না! দেখাশোনা তো ফ্রী। ভাবছো কেন? আর একটা কথা, কারোর পেশা দেখে সেই ব্যক্তিকে আইডেন্টিফাই করতে না যাওয়াই ভালো। কারণ পেশা পেশার জায়গায়, রুচি রুচির জায়গায়।

ঐ দিন বিকেলেই ওঁরা দুজনেই ফ্ল্যাট দেখতে গেলেন। একটা ফ্ল্যাট দেখে বেশ পছন্দও হল। দক্ষিণ খোলা বারান্দা, ঘরে আলোও ভালো আসে। সামনেই রয়েছে একটা সুন্দর ফুল বাগান। ঘরটাও খুব ছোট নয়। দোকান বাজার ও খুব দূরে নয়। একটাই অসুবিধা, এখান থেকে স্টেশন যেতে গেলে প্রায় একঘন্টা পথ বাস যাত্রা করতে হয়। এখানে যারা ফ্ল্যাট কিনেছেন বা ভাড়া আছেন সকলেই হয় ব্যাঙ্ক কর্মী, অথবা স্কুল শিক্ষক, নয়তো অফিস কর্মী।

সান্ত্বনার তাতেও খুঁতখুতে ভাব। কারণ লিফ্ট এখনো বসেনি। সায়ন্তন বললো, এত বিচার যদি করো, তাহলে এখনো অনেকদিন তোমাকে কষ্ট সহ্য করতে হবে। পারবে তো সহ্য করতে? না কি এটাতেই 'হ্যাঁ' বলবো?

সান্ত্বনা এর জবাব না দিয়ে গট গট করে হাঁটতে বাড়িতে (ভাড়া বাড়ি) ফিরে এসেই বাইরে থেকেই শোনা যাচ্ছে চিৎকার চেঁচামেচির আওয়াজ। ভিতরে ঢুকে জানতে পারলেন চেঁচামেচির কারণ। কারণ আর কিছুই নয় জল নিয়ে ঝামেলা। সময়টা জৈষ্ঠ্য মাস। প্রচণ্ড গরম। এদিকে খাওয়ার জলও নেই। দুদিন ধরে পাম্প খারাপ হয়ে আছে। মেকানিকও পাওয়া যাচ্ছে না। সেই নিয়ে ভীষণ ঝামেলা চলছে। ভাড়াটেরা বলছেন জল বাইরে থেকে কিনে নিয়ে তাঁদের দেওয়ার ব্যবস্থা করা হোক। বাড়িওয়ালা তাতে রাজি নন। এই নিয়ে চলছে তুমুল বচসা।

এই সময় সায়ন্তন সান্ত্বনাকে বললেন, কী ভাবছো? এখানেই থাকবেতো এখন? না কি...

সান্ত্বনা দুটো হাত জড়ো করে নমস্কার করার ভঙ্গিতে বললো, "থাক বাবা, অনেক হয়েছে। এখানে আর নয়। তুমি আজকে এখুনি ঐ প্রোমোটারের সঙ্গে কথা বলে নতুন ফ্ল্যাট ভাড়া হোক বা কিছু হোক ঠিক করো। যতো তাড়াতাড়ি এই নরক থেকে মুক্তি পাওয়া যায়। আর পারছিনা অসহ্য।

সায়ন্তন মজা করে মুচকি হেসে সান্ত্বনাকে বললো, "ভাগ্যিস তুমি ছানাকে থানা শুনেছিলে তাইতো এত তাড়াতাড়ি যোগাযোগটা হয়ে গেল! ধন্যবাদ তোমাকে।

সান্ত্বনা লজ্জা পেয়ে মুখ ঘুরিয়ে বললো, "ধুর! তুমি যে কী বলো না!" ❑

নামের গেরো

বীরেন দাসগুপ্ত, বয়স আনুমানিক তিরিশ-বত্রিশ। সুস্বাস্থ্যের অধিকারী, দেখতেও সুন্দর। মাঝারি চেহারা, লম্বা। তিনি যে সংস্থায় কাজ করেন, সেখানে ভালো কাজের মাধ্যমে বেশ নিজের নাম করে ফেলেছেন। সকলেই তাকে এক ডাকে চেনেন।কিন্তু গেরো অন্য জায়গায়। একই জায়গায় যদি একই নামের দু তিনজন কর্মী থাকেন, অসুবিধা হবেনা? ওর কর্মস্থলেও বীরেন নামে আরো তিনজন ব্যক্তি কাজ করেন। তাদের নাম যথাক্রমে বীরেন দত্তগুপ্ত, বীরেন দাস ও বীরেন্দ্র দাসগুপ্ত। কিন্তু যখনই বীরেনের খোঁজ পড়ে, প্রথমে ওকেই অর্থাৎ বীরেন দাসগুপ্তকেই সবাই ডাকে। যেহেতু উনি সিনিয়াস আর ওনারই বেশী পরিচিতি। তারপর প্রকৃতপক্ষে সঠিক বীরেনের কাছে খবর যায়। আর সেই কারণেই যত গোলযোগ, যতো ঝামেলা আর যত সংশয়। ভালো ঘটনায় ডাক পড়লে তাও কিছুটা ভালো লাগে, তেমনই খারাপ ঘটনায় বা তিক্ত ঘটনায় নাম জড়ালে খারাপ লাগাটাইতো স্বাভাবিক। সেই রকমই এক ঘটনা ঘটলো বীরেন দাসগুপ্তের ক্ষেত্রে।

একদিন হঠাৎ করেই বীরেন দাসগুপ্তের মোবাইলে একটা ফোন এলো। বীরেন বাবু তখন অফিসেরই একটা কাজ নিয়ে মহা নাকানিচোবানি খাচ্ছেন। ওঁকে বলা হয়েছে পাঁচ বছরে ঐ সংস্থায় কত লাভ বা ক্ষতি হয়েছে তার ইয়ার ওয়ইজ বিস্তৃত বিবরণ দিতে হবে। শুধু এটুকুই নয়, তার সঙ্গে আছে আরো বিভিন্ন হিসেবের শতাংশের চুল চেরা বিশ্লষণ। হাতে সময় থাকলে তবু ঠিক আছে, আর না থাকলে যে কীরকম উদ্বেগের বিষয়, তা যাঁরা ভুক্তভোগী তাঁরাই জানেন। নিজের বাপের নামও ভুলে যেতে হয়। আর এখানে সময় পাওয়া গেছে মোটে আধ ঘন্টা। বানানো হয়ে গেলেই অফিসারকে দিয়ে স্বাক্ষর করিয়ে ঐ অফিসের হেড কোয়ার্টারে মেল করে পাঠাতে হবে।বীরেন বাবুর তখন মাথার 'চুল ছেঁড়ার' অবস্থা।

আর এই "বাঁচা মরার" সময়ে যদি ফোনে তাকে বলা হয়, "তোমাকে স্যার (ম্যানেজার সাহেব) এখুনি তাঁর চেম্বারে যেতে বলছন। জলদি জলদি

চলে আসুন। দেরী করবেন না।" তাহলে কেমন লাগে বলুন তো? আর সেটাই হল। বীরেনের তখন কাজের এমনই তাড়া জিজ্ঞেস করার মওকা পায়নি যে, "কোন বীরেন?" ম্যানেজার যখন ডেকেছেন তখন যেতেই হবে। ঘাড়ে কটা মাথা আছে, যে বলবেন "কাজ আছে পরে যাচ্ছি!" বীরেন তখন তড়িঘড়ি করে সমস্ত কাজ ধামা চাপা রেখে চললেন ম্যানেজার সমীপে।

মে আই কাম ইন স্যার?

ইয়েস, কাম ইন কাম ইন।

বীরেনকে দেখে ম্যানেজার সাহেব যেন একটু থত মতই হয়ে গেলেন। তাও চেয়ারে বসতে বললেন। বললেন, "তুমিই সেই বীরেন? কবে থেকে তুমি এইসব কম্মো শুরু করলে?

কোন বীরেন স্যার? কি কম্মো স্যার? কিছুই তো বুঝছিনা।

বুঝছেন না? আচ্ছা দেখি বুঝতে পারেন কিনা। এই বলে তাঁর সামনে বসা দুজন তরুণীর দিকে তাকিয়ে বললেন-

ম্যাডামদ্বয়, আপনারা অনুগ্রহ করে একবার পিছনপানে তাকিয়ে দেখুন তো! এই বীরেনই কি সেই বীরেন, যিনি "দারু পিকে" আপনাদের ডিসটার্ব করেছিলেন?

দুজন সুন্দরী তরুণী, যাঁরা তাঁদের কোম্পানিতেই সেলস গার্লের কাজ করেন, বীরেনও চেনেন তাঁদের, ম্যানেজারের সামনের চেয়ারে বসে আছেন। বীরেনবাবু বসেছেন একটু পিছনে রাখা সোফায়।

বীরেনবাবু তো স্যারের মুখে এই কথা শুনে অবাক হয়ে গিয়েছিল। মনে মনে উনি ভাবছেন, জীবনে কখনো ঐ সব "ছাই পাঁশ" টেস্ট করেই দেখলাম না, কি রকম খেতে তাইই ছাই জানিনা। খাই তো সামান্য চল্লিশ মিলি কাগজের কাপে পাঁচ টাকার চা, আর আমার নামেই এই রকমের মারাত্মক অভিযোগ? বলে কিনা দারু (মদ) পিকে (পান করে) সুন্দরী মহিলাকে হেনস্থা করেছে ও! হায় ঈশ্বর, এসব কথা শোনার থেকে কচুরিপানা ভর্তি পুকুরে ডুবে মরাও বোধহয় ভালো ছিল।

স্যার বলার পর ঐ দুজন সুন্দরী তরুণীর চোখ গেল পিছনের সারিতে বসে থাকা "বীরেনের" দিকে। ওঁদের চোখদুটোও তখন গোল্লা গোল্লা বারো টাকা সাইজের রসগোল্লার মতো হয়ে গেল।

আরে! এ তো ভালো ছেলে। ভালো করেই চেনেন এই বীরেনকে। এঁকে ডাকা হলো কেন? চোখাচোখি হলে একটু যেন হাসলেন। হাসির মধ্যেও যেন মনে হল একটু ইতস্ততঃ ও লজ্জা লজ্জা ভাব।

না না স্যার, একেবারেই ইনি নন। ইনি তো খুবই ভালো মানুষ, ভদ্র মানুষ। দারু কি জিনিস তাই ইনি জানেন না। ঐ বীরেনের নাম বীরেন্দ্র দাসগুপ্ত। আর ইনি তো বীরেন দাসগুপ্ত।

বীরেনবাবু তখন একটু সাহস সঞ্চয় করে বলেই ফেললেন, "স্যার, আপনারা আমাকে এতোটা পরিমাণে ভালোবেসে ফেলেছেন যে, খারাপ ঘটনায় হোক বা ভালো ঘটনায়, ডালে হোক কি ঝোলে বা অম্বলে, আমার শ্রীমুখটা দর্শন না করলে মনেহয় আপনাদের চলেনা।

ম্যানেজার সাহেব তখন হেসে ফেলে বললেন, -এক্সট্রিমলি সরি বীরেন বাবু। আমি খুবই দুঃখিত। কিন্তু আপনি 'অম্বল' না কি একটা বললেন! আমার কিন্তু অম্বলের কোনো প্রবলেম নেই। যা খাই সব হজম হয়ে যায়। আমার শরীর একদম ফিট।

মনে মনে বিরক্ত বীরেন বাবু বললেন: হ্যাঁ, সে তো আপনাকে দেখেই বোঝা যাচ্ছে। আর প্রকাশ্যে হেসে বললেন: খুব ভালো স্যার। তবে এই অম্বল সেই অম্বল নয় স্যার। এ আলাদা জিনিস। খাবার জিনিস এটা।

যাইহোক। তবে বীরেনবাবু, আপনাকে আমি একটা রিকোয়েস্ট করতে পারি। শোনা বা না শোনা, ইটস ইয়োর ওন চয়েস।

স্যার আপনি রিকোয়েস্ট বলবেন না প্লিজ। বলুন অর্ডার। (বীরেন এবার যিনি ওকে ডেকেছিলেন তাকে মনে মনে গালিগালাজ দিচ্ছেন, ছটফট করছেন তার কাজে ফেরার জন্য, কিন্তু বলতেও পারছেন না।)

স্যার:- না না। এটা রিকোয়েস্টই বলছি, অর্ডার বলতে পারছি না। আপনি প্লিজ কোর্টে গিয়ে আপনার নাম এফিডেভিট করে অন্য নাম রাখুন। খুব ঝামেলা হচ্ছে এ জন্য। আপনাকেও অযথা হেনস্থা হতে হচ্ছে।

কিন্তু স্যার, এটাতে কি সমস্যার সমাধান হবে? ধরুন, আমি নাম এফিডেভিট করে কিছু একটা নাম রাম, শ্যাম যদু অথবা মধু রাখলাম। এবার ঐ একই নামে এই অফিসে যদি কেউ আসেন তাহলে? আপনি বরং নামের পরে এক-দুই-তিন যোগ করুন। তাহলে এরকম বিভ্রান্তি এড়ানো যাবে।

হুমমম। ঠিকই বলেছেন। আপনার প্রস্তাবটা খারাপ নয়। ঠিক আছে। (পিয়নকে ডেকে বললেন) এখনই বীরেন্দ্র দাশগুপ্তকে পাঠাতে বলো। আপনি এবার যেতে পারেন, খুব দুঃখিত আমি।

এরপর বীরেন ওখান থেকে বেরিয়ে কাজটা সম্পূর্ণ করতে গেল। কাজটা সম্পূর্ণ করতে একঘন্টা লেগেছিল, তবে এরজন্য কোনো অসুবিধা হয়নি বা অফিসারের গালাগালও খেতে হয়নি।

কি? ভাবছেন নামের গেরো থেকে বীরেন মুক্তি পেয়ে গেলেন? দূর! একেবারেই তা নয়। ফের নামের গেরো লাগলো দু মাস পরে। তবে এটা বেশি দূর গড়ায়নি, এটাই যা রক্ষা।

একদিন বীরেনবাবু দেখলেন তাঁর অধীনে কাজকরা দুজন তরুণী অফিস কলিগ, মোনালিসা আর নিরুপমা তাঁর দিকে তাকিয়ে মুচকি মুচকি হাসছে। বীরেনবাবু প্রথম দিকটায় কিছু বুঝতে পারেননি, ভেবেছিলেন এমনিই নিজেদের মধ্যেই হাসছেন। নিজেরই প্রচুর কাজ আছে, ওদিকে মাথা ঘামাবার বা ঘোরাবার সময়ই বা কোথায় বীরেনের! মাথা খারাপের অবস্থা এখন। ঘন্টা খানেক পরে কাজের চাপ একটু কমতে মনোযোগ দিলেন ওদের দিকে। জানতে চাইলেন, এতো হাসির কারণ কি। তখন কারণ না দর্শিয়ে নিরুপমা নামের মেয়েটি জানতে চাইলো:

বীরেনদা, তাহলে মেয়েটার, মানে মহুয়ার খোঁজ পেলে ওকে বিয়ে করবেন তো? কতোদিন আমরা বিয়ের ভোজ খাইনি দাদা। বলুন তাহলে, কবে বিয়ের নিমন্ত্রণ আমরা পাচ্ছি?

তার মানে? মহুয়ার খোঁজ, বিয়ে করা, বিয়ের ভোজ ...তোমরা কী বলছ আমি তো কিছুই বুঝতে পারছিনা। দেখো, "মহুয়া" এক ধরণের মাদক। আর তোমরা তো ভালো করেই জানো, আমি মাদক সেবন করি না। শুধু চা কফিই চলে। আর মহুয়ার খোলও বাজারে পাওয়া যায়, যা মাছ

চাষের জন্য কাজে লাগে। আমি মাছ চাষ করিনা, তাই সেটাও আমার লাগে না।

এ মহুয়া সে মহুয়া নয় স্যার। আপনি ভালো করেই জানেন সেটা। ফেসবুকে পোস্ট করার সময় আপনি কি মহুয়া মাদকের কথাই জানতে চেয়েছিলেন? তাহলে পোস্টে ঐ সব কথা লিখলেন কেন? নাম ঠিকানা, ফোন নং জানতে চেয়েছেন মেয়েটার, আবার এখন এমন ভাব দেখাচ্ছেন, যেন কিছুই জানেন না। ও সব চালাকি শুনবো না।

সত্যিই আমি কিছুই বুঝতে পারছি না, বিশ্বাস করো। কি ব্যাপারটা খুলে বলতো আমাকে?

এরপর মোনালিসা নামের মেয়েটি নিজের মোবাইল থেকে বীরেন বাবুকে দেখালেন "বীরেন বাবুর" পোস্টটা।

দেখুন। এই পোস্টটা কি আপনার করা নয়?

বীরেন বাবু তখন অবাক হয়ে পোস্টটা দেখলেন:

পোস্টটা এরকম ছিল এইরকম:

"সমস্ত বন্ধুদের কাছে আমার বিনীত অনুরোধ:

আমি তিনদিন আগে (১৮/০৫/২০২২) তিস্তা তোর্সা এক্সপ্রেসে শিলিগুড়ি যাচ্ছিলাম। আমার সামনে বসেছিল একটি ছোটো পরিবার বাবা মা ও মেয়ে (সিট নম্বর ছিল ২২, ২৩ এবং ২৪)। মেয়েটির বয়স ঐ পঁচিশ ছাব্বিশের বেশী হবেনা। তবে মেয়েটির সঙ্গে দৃষ্টি বিনিময় ভালোই হয়েছে। ওকে আমার খুব ভালো লেগেছে। ওরও মনেহয় তাই। তবে ওর অভিভাবক থাকার জন্য কথাবার্তা বিশেষ বলতে পারিনি। মেয়েটির ডাক নাম মহুয়া এটা জানতে পেরেছি।

আমার সহৃদয় বন্ধুদের কাছে অনুরোধ, কেউ যদি ওর নাম,পদবি সহ ঠিকানা, ফোন নং ইত্যাদি আমাকে ব্যক্তিগতভাবে জানান, তাহলে আমি চির কৃতজ্ঞ থাকবো। এবং আমাদের বিবাহ হলে নিমন্ত্রণ করবো।

বীরেন দাসগুপ্ত কি দাদা! এবার কী বলবেন? এখনো কী বলবেন, "আমি কিছুই বুঝতে পারছি না।"

হ্যাঁ ঠিকই বলছ। ওটাই বলব। কারণ নাম ও পদবি এক হলেও যেটা আমাকে এখনই দেখালে, ওটা আমার অ্যাকাউন্ট থেকে পোস্ট হয়নি। এখানেও সেই পুরানো গপ্পো, সেই নামের গেরো। একই নাম পদবির দুজন ব্যক্তি। ভালো করে দেখ, দেখলেই বুঝবে। না:। এবার দেখছি স্যারের কথামতো সত্যি সত্যিই আমার নাম পাল্টাতে হবে।

বীরেনবাবু বলার পর ওরা খেয়াল করলো সত্যিই তাই।

মো-ইস। আমরা ভাবছিলাম একটা বিয়ের নেমন্তন্ন পাবো, সেটা আর হলোনি দেখছি। ভাগ্যটাই খারাপ।

বী-কে বলেছে তোমাদের ভাগ্য খারাপ? যে গনৎকার তোমাদের একথা বলেছে তাকে বলবে হাত দেখার টাকা এখনই ফেরৎ দিতে। তোমাদের আজ এতো আফশোস করতে হবেনা। আজ বিকেলেই তোমাদের দুজনকে এগরোল বা চিকেনরোল যা তোমাদের মন খেতে চাইছে, তাই খাইয়ে দেবো। ঠিক আছে তো? আর কখনো বলবেনা তো, ভাগ্যটাই খারাপ?

নি:- না না দাদা, আর বলবোনা, হ্যাঁ, হ্যাঁ দাদা, এগ বা চিকেনরোল যে কোনো একটা খাওয়ালেই হবে। সবাই বলো, থ্রি চিয়ার্স ফর বীরেনদা। হিপ হিপ হুররররে। ❑

সমাপ্ত

www.ingramcontent.com/pod-product-compliance
Lightning Source LLC
LaVergne TN
LVHW050946051026
849532LV00005B/1733
9798231561056